KB073025

먹을수록 강해지는
폭식투수

먹을수록 강해지는 폭식투수 5

키르슈 현대 판타지 소설

초판 1쇄 찍은 날 § 2020년 10월 23일
초판 1쇄 펴낸 날 § 2020년 10월 30일

지은이 § 키르슈
펴낸이 § 서경석

편집책임 § 김예슬
디자인 § 공간42

펴낸곳 § 도서출판 청어람
등록번호 § 제387-1999-000006호
등록일자 § 1999. 5. 31
어람번호 § 제1-3094호

주소 § 경기도 부천시 부일로 483번길 40 서경B/D 3F (우) 14640
전화 § 032-656-4452 팩스 § 032-656-4453
http://www.chungeoram.com
E-mail § chungeorambook@daum.net

ISBN 979-11-04-92275-6 04810
ISBN 979-11-04-92226-8 (세트)

먹을수록 강해지는 폭식투수 5

키르슈 현대 판타지 소설

MODERN FANTASTIC STORY

먹을수록 강해지는
폭식투수

목차

시작은 완벽하게 (2)

1번 타자로 나온 박건호는 어딘가 모르게 오싹한 기분이 들었다.

마운드에 서서 자신을 노려보는 이상진은 예전에도 겪어 봤다. 그런데 오늘따라 본능적으로 꺼려지는 무언가가 있었다.

'젠장. 내가 쫄은 건가?'

그동안 이상진이 쌓아 온 성적에 위축됐다고 생각한 건호는 이를 악물며 배트를 고쳐 쥐었다.

이상진이 절대무적의 투수라고 불리며 올 시즌 방어율이 0점대인 것은 맞았다. 하나 실점이 0점인 건 아니었다.

어딘가에 분명히 빈틈이 있으리라 생각하며 이상진을 관찰하고 또 관찰했다.

"스트라이크!"

"뭣?"

반응할 순간조차 주지 않은 포심 패스트볼은 약간 높은 곳으로 날아왔다.

투구 자세를 취한다고 생각한 순간, 공이 날아와 포수 미트에 꽂힌 공을 돌아보며 건호는 등골이 오싹했다.

'지난번에 봤던 이상진과는 다르다.'

스트라이크존 높은 곳으로 들어오는 공 다음은 몸 쪽 깊숙한 곳을 찔러 들어왔다.

"스트라이크!"

순간적으로 몸에 맞을지 모른다고 생각하며 움찔 놀랐는데 아주 미세한 틈을 비집고 스트라이크존에 들어왔다.

놀랄 정도로 무서운 제구력이었다.

'벌써 투 스트라이크?'

공 두 개로 벌써 궁지에 몰렸다.

빠르고 공격적인 투구를 가져가는 게 이상진의 스타일 중 하나라곤 하지만, 이건 빨라도 너무 빨랐다.

'생각을 정리할 틈 좀 줘라!'

건호가 다음 투구에 대해 생각을 정리하기도 전에 이상진은 벌써 다음 투구 자세로 들어가고 있었다.

결정했으면 공격한다.

공격해서 잡아먹는다.

망설임 따위는 지옥에 갖다 버리고 돌아온 투수의 세 번째 공은 바깥쪽으로 빠져나가는 슬라이더였다.

이미 막바지까지 몰린 건호의 배트는 끝자락조차 닿지 못했다.

"스트라이크! 타자 아웃!"

그리고 이것이 강남 그리즐리의 홈인 송파 구장에 새겨질 전설의 시작이었다.

*　　　*　　　*

"스트라이크! 타자 아웃!"

—놀랍습니다! 정말 놀랍습니다! 충청 호크스의 이상진! 3회까지 삼진 9개로 모든 타자를 돌려세웁니다!

—단 하나의 폭투도! 단 하나의 볼넷도! 단 하나의 안타도 없습니다!

—시즌 중에 노히트노런의 기록을 세웠던 이상진! 무결점 투구로 3회를 제압합니다!

단 한 번의 안타도 없고 단 하나의 볼넷도 없다.

1루에 나가는 타자 역시 한 명도 없었다.

정규 시즌 1위를 기록하고 체력을 비축하며 기다렸던 강남 그리즐리의 여유는 이미 사라진 지 오래였다.

"패턴도 들어맞는 게 없고. 그렇다고 치는 것도 아니고."

김대영 감독은 팔짱을 낀 손을 끊임없이 꼼지락거리면서 그라운드를 노려봤다.

이상진은 새로운 투구 스타일을 선보이고 있었다.

전력분석팀이 연구한 패턴은 온데간데없이 사라져 보이지 않았다.

"임기응변으로 치라고 했어도 배트에 맞히는 놈 하나 없이 선발로 나간 놈들이 죄다 삼진을 당하고 돌아오고."

질책하는 목소리에도 강남 그리즐리의 타자들은 아무 말도 하지 못했다.

그들은 개인의 역량은 물론 강남 그리즐리라는 팀의 역량이 이상진 한 명에게 짓눌리는 이 감각을 뭐라 표현해야 할지 몰랐다.

"하나 다행인 건 상대의 공격력도 영 좋지 않다는 건데."

이대로 가면 이상진에게 9회까지 찍어 눌릴 가능성이 컸다.

하지만 저쪽도 공격력이 빈약한 건 마찬가지.

오늘은 1점 차 싸움이 될 가능성이 높았다.

"아웃!"

충청 호크스의 타자들도 하나둘씩 아웃을 늘려 나가고 있었다.

김대영 감독은 상대 팀 타자들을 관찰하다가 문득 낮게 웃음을 터뜨렸다.

"감독님?"

"아하, 그런 건가?"

“예? 무슨 말씀이신가요?”

김원혁 투수 코치는 대체 감독이 뭘 짚어 냈길래 저러나 싶었다.

하지만 이어서 옆에 있던 이도훈 타격 코치도 무릎을 탁 치면서 탄성을 내질렀다.

“그거였군요!”

“이도훈 코치도 알았나 보네.”

김대영 감독은 쓴웃음을 지으면서 선수들을 돌아봤다.

한국 시리즈까지 휴식을 취하며 체력을 꾸준하게 회복한 선수들이었다.

충청 호크스와 강남 그리즐리.

5위 팀과 1위 팀의 전력 차이는 말할 것도 없었지만, 가장 큰 강점은 하나 더 있었다.

“오늘 승부는 연장으로 간다.”

* * *

콰앙!

두꺼운 포수 미트를 통해 전해지는 충격은 온몸을 뒤흔들었다.

재환은 공을 빼서 다시 던져 주면서 속으로 투덜거렸다.

‘화가 날 대로 났군. 하기사 나도 그렇겠지만.’

재환은 이 팀에서 분위기에 휩쓸리지 않은 몇 안 되는 선수

중 하나였다.

몇 년 전 강남 그리즐리에 소속되어 있다가 트레이드되어 호크스로 이적했기 때문일지도 몰랐다.

그래서 이런 팀 분위기에 화를 내는 상진의 마음도 이해할 수 있었다.

'그건 그렇고 정말 미친 듯한 투구야.'

군더더기 없이 깔끔했고 상대방의 심리도 적절하게 이용하고 있었다.

신들린 듯한 투구는 결코 상대방의 배트에 걸리는 일이 없었다.

여태까지 이런 공을 받아 본 경험이 없을 정도로 오늘의 이상진은 투수로서 가장 이상적인 모습을 보여 주고 있었다.

"스트라이크! 타자 아웃!"

5회까지 삼진 열다섯 개.

모든 타자를 삼진으로 솎아 내는 이상진의 표정은 여전히 무표정했다.

그걸 캐치한 건 다름 아닌 아나운서와 해설자였다.

—오늘 이상진 선수의 표정이 무척이나 무미건조하군요.

—평소에는 삼진을 잡아내면 웃던 것과 대조적입니다.

—그만큼 이상진 선수에게도 한국 시리즈의 첫 등판은 중압감이 느껴진다는 걸까요.

과거 팀 선배인 유형진은 이런 말을 남겼다.

뒤에 아무도 없는 것처럼 생각하고 던져라.

수비를 믿지 말고 타자를 삼진으로 잡아내는 데 집중해라.

사실 이 말에 반은 동의했고 반은 동의하지 않았다.

그만큼 이상진은 팀 동료들을 사랑했고, 존경했으며 믿고 있었다.

하지만 오늘 경기 시작 전에 보여 준, 무력한 모습들은 실망을 불러일으키기 충분했다.

우승이 손에 닿을 만큼 올라왔음에도 이 정도면 됐지, 하면서 만족해 버리는 모습.

'여기까지 왔으니 충분하다고?'

인정할 수 없는 말이었다.

그래서 이상진은 혼자서 싸우기를 결의했다.

팀원들이 우승을 향해 달리지 않는다면 혼자서라도 달려가기로 마음먹었다.

"스트라이크! 타자 아웃!"

6회에 등판한 이상진을 상대로 강남 그리즐리의 하위 타선이 힘을 발휘할 리 없었다.

따악!

마지막 타자는 간신히 공을 건드려 봤지만 범타로 처리됐다.

그들은 타석에 섰고 배트를 쥐었으며 돌려 보고 뒤돌아섰다.

강남 그리즐리의 타자들이 오늘 타석에 서서 할 수 있는 건 고작 그뿐이었다.

—퍼펙트! 이상진 선수가 6회까지 퍼펙트를 이어 나갑니다!
—아무도 막을 수 없는 투구를 선보이며 6회까지 삼진 열일곱 개! 한국 시리즈 1차전에서 퍼펙트게임이 진행 중입니다!

단숨에 6회 말을 제압하고 내려가는 이상진의 뒷모습은 무서울 정도로 위압적이면서 동시에 고독했다.

*　　　*　　　*

—이상진 선수가 7회에 등판합니다! 과연 퍼펙트 게임은 이어질 수 있는가!
—박건호 선수! 쳤습니다! 투수 정면으로 향하는 직선타! 이상진 선수가 라인 드라이브로 캐치해 냅니다!
—7회 들어서도 호크스의 에이스는 1루를 허락하지 않습니다!

난리도 아니었다.
텔레비전 중계를 보던 사람들도, 인터넷 중계를 시청하고 있던 사람들도, 너 나 할 것 없이 역사적인 광경을 지켜보고 있었다.

—미친! 한국 시리즈 1차전에서 퍼펙트 게임 나오나?

ㄴ나오겠냐? 그리즐리 무시하냐?

ㄴ그런데 진짜 나올 기세잖아?

ㄴ오늘 이상진 표정 겁나 무섭다. 안 웃는데? 평소에는 마운드에서 잘 웃던데.

[경고: 투구 수가 60을 돌파하여 체력이 5 하락합니다.]

[사용자: 이상진]

—체력: 107(−5)/110

—제구력: MAX

—수비: 92(−2)

—최고 구속: 시속 156(−1)킬로미터

—평균 회전수: 2,423(−10)RPM

—보유 구종: 포심 패스트볼(S), 커브(A), 슬라이더(A), 체인지업(A), 투심 패스트볼(A), 컷 패스트볼(B)

—보유 스킬: 먹어서 남 주냐, 먹을 때는 개도 안 건드린다, 일찍 일어나는 새가 먹이도 많이 잡는다, 둘이 먹다가 하나 죽어도 모른다, 맛있게 먹으면 0칼로리, 완벽한 레시피.

—남은 코인: 16

이상진은 일단 숨을 골랐다.

7회에 올라와서 투수 직선타를 정면으로 잡아 낸 충격은 손을 저리게 만들 정도였다.

글러브를 벗고 왼손을 툭툭 털면서 상진은 입술을 깨물었다.

짜증스러웠다.

이거고 저거고 전부 짜증스러웠기에 그걸 전부 상대 팀 타자들에게 풀어 버리고 있었다.

무엇보다 짜증 나는 건 점수가 아직도 0 대 0이라는 사실이었다.

'타선은 내가 억누른다고 해도 투수진은 어처구니없을 정도로 교체를 빠르게 가져가는구먼.'

강남 그리즐리는 선발이 5회까지 던지자마자 투수를 빠르게 교체하고 있었다.

무슨 생각을 하는지는 손바닥 보듯 알고 있었다.

'강남 그리즐리는 이미 연장전을 대비해서 준비하고 있지.'

자신이 9회까지 완봉을 한다고 해도 타선이 점수를 내지 못하면 의미가 없다.

그리고 연장전이 존재한다.

강남 그리즐리는 체력전을 상정하고 경기를 운영하고 있었다.

연장까지 각오한 듯한 움직임에 상진도 쓴웃음을 지을 수밖에 없었다.

'우리 팀이 점수를 못 낸다고 해도 그쪽 역시 점수를 내지 못하면 의미가 없을 텐데?'

남아 있는 코인은 16개.

스테이터스를 8번 얻을 수 있는 수치였다.

지금 이 순간, 이상진은 모든 것을 걸었다.

[체력이 1 올랐습니다.]

[회전수가 11 올랐습니다.]

[수비가 1 올랐습니다.]

[체력이 1 올랐습니다.]

…

[체력이 1 올랐습니다.]

그리고 7번째로 사용한 순간 체력이 110을 달성했다.

[체력이 최대 수치를 달성하습니다.]

[체력 수치의 상한선이 120으로 올라갑니다.]

[체력 능력의 상한선을 돌파하였으므로 보상이 지급됩니다.]

[스킬 〈일찍 일어나는 새가 먹이도 많이 잡는다〉의 효과가 3이닝에서 5이닝으로 증가합니다.]

체력은 다시 한번 이상진에게 기회를 주었다.

그리고 8번째로 코인을 사용한 순간.

[스킬 〈다섯 잔을 마시면 일곱 잔도 마시고 열한 잔도 마신다〉를 획득했습니다.]

지금 상황을 타파하고 강남 그리즐리를 찍어 누를 새로운 스킬이 손안에 들어왔다.

*　　　*　　　*

'동기부여 하기에 딱 좋은 타이밍이긴 하군.'

한현덕 감독은 이제 때가 됐다는 걸 어렴풋이 깨닫고 있었다.

8회 말까지 퍼펙트로 막아 낸 이상진은 이제 9회에도 등판하고 있었다.

투구 수는 고작 78개.

올해 최고의 투구를 시즌 패넌트 레이스도 아니라 한국 시리즈 1차전에서 보여 주고 있었다.

"저게 에이스다. 저걸 보면서도 느끼는 게 없는 거냐?"

느끼는 게 없을 리 없다.

느끼지 못한다면 야구 선수라고 말할 자격도 없었다.

"우리의 에이스는 우승을 위해 사력을 다하고 있다. 그런데 너희는 타석에 서면 맥없이 배트를 휘두르고 아웃당하는 게 고작이지."

"큭."

누군가의 잇소리가 들려왔다.

그라운드에서 수비를 보기 위해 나가 있는 선수들도.

벤치에 있는 선수들도.

너 나 할 것 없이 전부 주먹을 불끈 쥐고 있었다.

"이대로 가만히 있을 거냐고 물었다."

한현덕 감독의 나직한 목소리에 선수들 몇몇은 주먹을 꽉 쥐었다.

팀의 에이스가 분투하고 있었다.

8회 말까지 전력을 다해 던졌으며 퍼펙트라는 전무후무한 기록을 달성하고 있었다.

그런데도 승리를 쥐여 주지 못한다면 그게 동료겠는가.

"우승하라고는 하지 않겠다. 하지만 여기에서 주저앉고 싶은 거냐?"

주저앉고 싶지 않았다.

이제는 주저앉을 수 없게 됐다.

"가라. 그리고 너희가 하고 싶은 대로 해라."

에이스의 호투에 충청 호크스의 변화가 시작됐다.

―이상진 선수가 9회에도 마운드에 오릅니다! 필마단기로 강남 그리즐리를 휘젓고 있습니다!

―8회까지 단 한 번의 출루도 허용하지 않습니다! 퍼펙트게임!

―한국 야구 역사상 단 한 번도 등장하지 않았던 퍼펙트게임이 한국 시리즈에서 탄생할 것인가!

경기를 관람 중이던 김성연 회장도.

1루 관중석에 있던 그리즐리의 팬들도.

3루 관중석에 있던 호크스의 팬들도.

이상진이 등판하면 환호하던 모두가 이제는 숨을 죽이고 그를 맞이했다.

송파 구장이 쥐 죽은 듯이 조용해졌다.

"그리즐리가 오늘 못하는 건 아닌데."

못하는 게 아니라 역대급으로 노력 중인데도 치지 못하고 있었다.

특별히 마련된 관중석에서 메이저리그의 스카우터들과 함께 지켜보던 민우의 얼굴도 하얗게 질려 있었다.

역대급으로 불리는, 한 시대를 풍미한 투수들은 눈에 띄는 퍼포먼스를 보여 준 일이 많았다.

그것이 한국 시리즈든, 메이저리그의 월드 시리즈이건.

'하지만 이런 모습을 보이는 건 이상진이 처음이다.'

1차전은 기선 제압을 위해서 꼭 승리해야 한다는 말은 언제나 있었다.

그리고 언제나 양 팀의 선수들과 감독은 그걸 위해서 최선의 노력을 다했다.

'그런데 이걸 한 명의 선수가 해내다니.'

압도적이라는 말조차도 부족하게 느껴질 정도의 위력이었다.

게다가 정규 시즌에서 1위를 차지한 팀을 상대로 보여 주는 퍼포먼스였다.

민우는 데이터를 정리하는 것조차 잊어버리고 침을 꿀꺽 삼키며 경기에 집중했다.

*　　　*　　　*

이런 생각이 들었다.

만약 부상을 입고 야구를 관뒀으면 지금쯤 무얼 하고 있었을까.

구단에서 방출되어 팬들이 조롱하듯 기술이나 배워 어디 공장에 들어갔을까.

아니면 작은 가게를 차려서 장사를 하고 있었을까.

굳은살이 잔뜩 있는 오른손으로 공의 감촉을 느끼면서 이상진은 타자를 노려봤다.

'무엇을 하든 간에 지금 같은 기분은 느끼지 못했겠지.'

문득 입이 말라 왔다.

수분은 매 이닝 끝날 때마다 충분히 보충해 줬는데도 입술이 타는 것처럼 말라 왔다.

혼자서 팀을 이끈다는 책임감, 그리고 우승을 꼭 손에 쥐고 싶다는 야망 때문만은 아니었다.

마치 야구장에 홀로 있는 듯한 고독감이 들었다.

보이는 건 오로지 포수의 미트뿐.

'내 역할은 그것뿐이겠지.'

공을 던진다.

그리고 포수 미트 안에 밀어 넣는다.

타자 한 명당 그 작업을 세 번 반복하고 한 이닝에 세 명의 타자를 아웃시키는 것.

이상진은 오로지 그것에만 집중했다.

"스트라이크!"

전광판을 돌아보는 일도 없었다.

포수 최재환과 눈을 마주치는 일도 없었다.

무덤덤하게, 모든 신경을 공에 던지는 일에 집중했고 바라보는 건 오직 포수의 미트뿐.

전례 없을 정도로 높아진 집중력은 이상진에게 타자와 포수 이외에 모든 것을 지워 버렸다.

"스트라이크!"

관심 있는 건 아웃 카운트를 잡아내는 일.

그리고 그걸 위해서 최선을 다해 던지는 것뿐.

"스트라이크! 타자 아웃!"

몇 번의 삼진을 잡아냈고 몇 회가 됐는지도 관심이 없었다.

그리고 아웃 카운트가 하나 늘어나자 상진은 이마의 땀을 닦으며 허리를 폈다.

그때 갑자기 주위가 시끄러워졌다.

방금 전까지 모든 것을 차단하고 있던 집중력이 무뎌지면서 동시에 주위의 소음들이 한꺼번에 밀려왔다.

"이상진! 이상진!"

"앞으로 두 개 남았다!"

"호크스 이 개자식들아! 어떻게 선발이 이렇게 하는데 한 점도 못 내고 있냐! 나가 뒈져라!"

잠시 어리둥절한 상진이 주위를 둘러보자 포수 최재환이 타임을 외치고 마운드로 향했다.

마운드에 올라온 재환은 상진의 얼굴을 보면서 씩 웃었다.

"이제 정신이 좀 드냐?"

"뭡니까?"

"뭐긴. 9회 말 2아웃. 연장전을 돌입하기 전의 마지막 아웃카운트만 남겨 놓은 아주 엿 같은 상황이지."

고개를 돌려 전광판을 바라보니 꽉 들어찬 0의 행진이 보였다.

안타도, 볼넷도 없이 오로지 숫자 0으로만 가득 찬 호크스의 전광판을 바라보던 상진은 여전히 굳은 얼굴이었다.

"곧 연장전이다."

"그래서요?"

"솔직하게 말해. 너 지금 네가 몇 개나 던졌는지 모르지?"

"알 필요 없어요. 어차피 오늘은 내려갈 생각이 없으니까요."

오늘만큼은 그 누구도 믿지 않을 생각이다.

누구도 믿지 않고 누구에게도 마운드를 넘겨주지 않을 것이다.

그것이 오늘만큼은 혼자 싸우기로 결심했던 이상진의 각오였다.

"화풀이하는 방식도 너답다."

"그런데 이제 알았네요."

"뭘?"

"퍼펙트요."

재환은 기가 막히다는 표정으로 바라보다가 미트를 낀 손으로 상진의 머리를 툭 때렸다.

"왜요?"

"대체 얼마나 집중하고 있던 거냐? 하기사 더그아웃에서도 집중하고 있는 거 보면 기가 막히더라. 그리고 조심해라. 처맞는다."

무엇을 조심하라는지는 잘 알고 있었다.

8과 3분의 2이닝 동안 이어진 집중력이 흐트러졌다.

재환은 이런 순간이 가장 위험하다는 걸 상기시켜 주고 있었다.

"내가 누군데 그런 이야기를 하는 겁니까?"

"아니면 됐고. 나도 노히트노런의 포수가 아니라 퍼펙트게임의 포수가 되어 보고 싶으니까."

상진은 이를 드러내며 웃었다.

오늘 경기 시작하기 전부터 지금까지.

단 한 번도 표면에 드러나지 않은 이상진의 자신만만한 미소였다.

"그런 걸 원했으면 진작에 입금했어야죠. 아, 먹을 것도 받습니다."

"실없기는."

투수와 포수.

둘은 가볍게 글러브를 부딪치며 웃고는 다시 제자리로 돌아갔다.

이상진의 얼굴에서는 미소가 사라지고 아까와 같이 경기에 몰입하기 시작했다.

"스트라이크! 타자 아웃!"

그리고 스트라이크 3개로 9회가 마무리 지어졌다.

* * *

—연장전! 불꽃 튀기는 투수전이 한국 시리즈 1차전을 연장전까지 끌고 갑니다!

—이렇게 되면 강남 그리즐리가 무척이나 당혹스럽겠습니다.

—충청 호크스는 지금 불펜진이 전원 대기 중입니다. 그런데 강남 그리즐리는 벌써 네 명의 투수를 썼어요. 내일 투수 운용에 지장이 많을 것 같습니다.

—퍼펙트게임! 이상진이 9회까지 단 한 번의 출루도 용납하지 않습니다!

—개인적으로는 참 안타깝습니다. 예전에 배영서 선수도 10이닝 노히트노런을 하고도 승리를 놓치지 않았습니까? 그런 일이 재현되지 않기만을 바랄 뿐입니다.

예상대로 연장전에 돌입했다.

하지만 김대영 감독은 자신의 예상대로 흘러가는 경기의 양상에 웃지 못했다.

9회쯤 들어가면 이상진의 체력이 수직 하강할 것이라 예상했다.

이번 시즌 중에 이상진은 투구 수가 100구를 넘기면 체력이 떨어지는 경향을 보여 왔다.

올스타전 이후에 그걸 보완한 것 같았어도 기껏해야 9회까지가 한계라고 봤다.

그런데 지금 눈앞에 보이는 광경은 그걸 뒤집어 버리고 있었다.

"호크스의 분위기가 심상치 않습니다."

"나도 알고 있어."

9회 초부터 한현덕 감독이 슬금슬금 움직이기 시작했다.

김대영 감독은 여태까지 가만히 있던 게 오히려 계산적인 것처럼 느껴졌다.

'충청 호크스에게 동기부여를 하는 건 힘든 일이긴 하지.'

몇 년 동안 우승과 준우승, 그사이에서 머물렀던 자신도 고생스러웠던 기억이 있었다.

처음 우승을 하면 우승해 봤으니 괜찮겠지, 하는 생각을 하는 선수도 있다.

그리고 연속으로 우승하면 올해 정도는, 하는 생각을 하는 선수도 있다.

올해 처음으로 한국 시리즈에 올라온 충청 호크스는 이쯤이면 충분하다고 생각할 만했다.

'그런데 저놈이 전부 바꿔 버리고 있어.'

9회까지 퍼펙트게임으로 그리즐리의 타선을 봉쇄해 버린 괴물은 두툼한 잠바를 입고 대기 중이었다.

10회에도 등판하겠다는 무언의 압박에 김대영 감독은 오싹한 기분마저 들었다.

"젠장!"

따악!

공이 배트에 맞는 소리와 함께 그리즐리의 벤치가 싸늘하게 식었다.

10회 초 두 번째 타자로 올라온 정은일이 친 공이 좌중간을 꿰뚫으며 펜스까지 날아갔다.

미친 듯이 달린 정은일은 2루에 슬라이딩까지 하며 안착하는 데 성공했다.

"좋았어!"

충청 호크스의 더그아웃에서 일제히 환호성이 터져 나왔다.

오늘 경기에서 몇 번이나 2루를 밟아 봤지만 득점으로 연결되지 않았다.

그래서 이상진에게 미안하기도 했고 오기가 생기기도 했다.

팀의 에이스가 이렇게 노력하고 있는데 자신들은 무기력하게 무얼 하고 있는가.

이런 생각으로 변화는 시작됐다.

따아악!

3번째로 올라간 3번 타자 송강민은 초구부터 힘차게 휘둘렀다.

하지만 약간 빗맞은 타구는 송파 구장 오른쪽 폴대를 지나 파울라인 안으로 떨어졌다.

그리즐리의 팬들로부터는 다행스러워하는 한숨이, 호크스의 팬들에게서는 안타까움의 탄식이 흘러나왔다.

"아!"

"이게 안 넘어가네!"

1사 2루의 상황에서는 단타 하나로도 점수가 나올 수 있었다.

초구를 넘기는 데 실패한 송강민은 더그아웃에서의 사인을 받고 배트를 짧게 바꿔 쥐었다.

하지만 강남 그리즐리의 마무리 함덕중은 이것마저도 가볍게 처리했다.

단 2구로 아웃카운트를 늘려 놓은 강민이 시무룩한 표정으로 돌아서고 타석에 들어선 건 4번 타자인 윌리엄이었다.

오늘 경기에서만 4타수 3안타를 기록하고 있는 그였지만 점수와 연관되지 못했다.

때문에 외국인 타자로서 오늘 경기에서 이상진에게 미안함을 갖고 있기도 했다.

강남 그리즐리의 더그아웃은 좌타자인 윌리엄을 상대로 좌투수인 함덕중을 교체하지 않았다.

그때 윌리엄은 문득 예전에 이상진이 했던 말이 떠올랐다.

—함덕중은 공을 던지는 왼팔을 등 뒤로 숨기면서 동시에 반대 팔을 크게 휘둘러요. 그래서 타자들이 혼란스러워하죠. 결코 폼으로 패스트볼인지 체인지업인지 구분해선 안 돼요.

폼에서 구종을 직감해서 휘두르면 맞히기 힘들다.

윌리엄도 작년과 올해 내내 함덕중의 패스트볼과 체인지업에 당했었다.

그리고 바로 지금, 당시 이상진에게 조언을 요청해서 얻은 대답이 문득 떠올랐다.

'오늘만큼은 이대로 물러설 수는 없다.'

투수를 압박해서 선택지를 좁힐 수 없다면 스스로 좁히면 된다.

윌리엄은 체인지업을 노리는 걸 포기하고 오로지 패스트볼을 노리면 된다.

그는 체인지업을 머릿속에서 지우고 그가 잘 알고 있는 함덕중의 패스트볼 타이밍에 맞춰서 배트를 휘둘렀다.

따악!

윌리엄이 힘차게 배트를 휘두른 순간, 무척이나 소중한 1점이 충청 호크스의 손안에 들어왔다.

*　　　*　　　*

—안타! 안타입니다! 충청 호크스! 10회 초에 드디어 1점을 냅니다! 윌리엄 선수의 안타!

—홈에 들어온 정은일 선수가 포효합니다! 충청 호크스 선취점!

강남 그리즐리의 더그아웃은 차갑게 가라앉았다.

무엇보다 당혹스러운 건 마운드 때문이었다.

—이상진 선수가 10회에도 마운드에 오릅니다!

—한현덕 감독은 아무런 지시도 내리지 않습니다! 불펜에서도 움직임은 보이지 않습니다!

—이상진 한 명으로 한국 시리즈 1차전을 제압할 것인가!

"10회에도 등판하다니."

"체력이 되는 걸까?"

"안 되면 털어 버려야지."

강남 그리즐리의 타자들은 전의를 불태우며 이를 갈았다.

하지만 그들의 의지와 반대로 이상진은 1회 때와 거의 다르지 않은 모습이었다.

"스트라이크!"

심판의 스트라이크 콜과 함께 전광판에 표시된 구속은 믿을 수 없었다.

[151㎞/h]

아직도 150킬로미터가 넘는 공을 뿌려 댈 줄은 상상도 못했다.

게다가 타자들은 아직도 사이드암과 언더핸드를 섞어서 던지는 변화구에 적응하지 못하고 있었다.

4번째 타순임에도 선발로 올라간 타자들은 맥없이 아웃카운트를 늘려 줄 뿐이었다.

남은 시간은 없다.

점수는 1 대 0이었고 10회 말에 점수를 내지 못하면 이대로 패배가 확정된다.

하지만 이상진은 변수를 용납하지 않았다.

―경기! 끝납니다! 이상진의 완벽한 투구로 충청 호크스가 한국 시리즈 1차전을 가져갑니다!

―10이닝 퍼펙트게임! 한국 프로야구 역사상 전무후무한 퍼펙트게임이 한국 시리즈 1차전에서 탄생했습니다!

―10이닝 동안 삼진 25개! 이상진이 한 경기 최다 삼진 기록을 경신합니다!

1차전의 승리는 기선 제압이다.

그 의미 이상으로 이상진은 화려하게 강남 그리즐리를 거꾸러뜨렸다.

*　　　　*　　　　*

인터넷에 들어가기 전부터 이미 송파 구장은 열광의 도가니였다.

10이닝 퍼펙트게임.

한국 프로야구에서 단 한 번도 출현하지 않은 대기록이 작성된 순간이 한국 시리즈라는 것도 이슈가 되는 데 한몫했다.

"안녕하세요, 리포터 김지영입니다. 오늘 한국 시리즈 1차전에서 맹활약하신 이상진 선수를 모셔 보겠습니다. 이상진 선수~!"

이상진의 표정은 여전히 딱딱하게 굳어 있었다.

이상진과 인터뷰를 할 때마다 긴장했던 방송국 관계자들은 고개를 갸웃거렸다.

보통 뭔가 터뜨릴 때는 인터뷰 직전에 묘한 미소를 짓고 있었다.

악마의 미소라고 별명까지 지어 주면서 경계하던 관계자들은 오히려 안심했다.

'역시 이상진도 사람이네. 한국 시리즈 1차전을 퍼펙트로 끝내 버리니 저런 얼굴이 안 나올 수가 없지.'

무척 긴장한 모양이다.

다들 그렇게 생각하고 있었다.

"예, 안녕하세요. 이상진입니다."

"한국 시리즈 1차전을 10이닝 무실점! 그것도 퍼펙트게임으로 끝내셨습니다! 대기록의 첫 주인공이 되셨는데 소감 한 말씀 부탁드립니다."

상진은 소감을 부탁한다는데 아무런 말도 하지 않고 뒷머리를 긁적거리면서 오묘한 표정을 지었다.

순간 찾아온 정적에 방송 관계자들은 다시 당황했다.

"어, 이상진 선수?"

PD로부터 날아온 사인을 캐치한 김지영 리포터가 다시 되묻자 상진은 피식 웃었다.

"솔직히 좀 담담하네요. 이런 기록을 세우고 싶다는 생각은 했는데, 그게 오늘이 될 줄은 몰랐습니다."

'젠장. 폭탄이다.'

카메라 감독 옆에서 인터뷰를 지켜보고 있던 PD는 본능적으로 직감했다.

지금 이상진은 인터뷰를 폭발시켜 버릴 말을 가슴 속에 품고 있다.

이걸 계속 해야 하나, 적당히 끊어야 하나.

잠시 고민하던 PD는 이내 결심했다.

'시청률만 잘 나오면 되는 거지!'

어차피 지금의 인터뷰는 전국에 있는 야구팬들이 지켜보고 있을 것이다.

한국 프로야구 사상 최초의 퍼펙트게임.

그것도 이번 시즌에 노히트노런을 기록한 투수가 한국 시리즈에서 일으킨 기적 같은 일이었다.

언론사나 팬들만이 아니라 각계각층에 있는 온갖 부류의 사람들이 주목하고 있을 터.

"아직 얼떨떨하신가 보네요."

"솔직한 감상으로는 그렇습니다. 언젠가 세울 거라고는 생각했는데, 그게 오늘일 줄은 몰랐네요."

오늘일 줄은 몰랐다.

똑같은 말을 반복했는데도 눈치채지 못할 정도로 이상진은 어딘가 맥빠져 보였다.

PD는 자신의 감이 잘못됐나, 고개를 갸웃거리면서 다음 사인을 주려고 했다.

그때 어딘가 풀려 있는 듯한 이상진의 눈동자가 다시 초점을 잡았다.

그리고 입꼬리가 슬쩍 올라갔다.

"먼저 한국 시리즈 1차전에서 저엉말! 도움을 많이 준 우리 선수단에게 감사를 표합니다. 그래도 조금만 더 점수를 일찍 내 줬으면 싶었습니다."

악마의 미소가 나타났다.

그리고 슬슬 시동을 거는 듯한 모습에 PD는 신이 났다.

다른 방송 작가나 AD 등 관계자들이 황급히 끝내자는 신호를 보냈지만, PD는 고개를 가로저었다.

오늘 이상진과의 인터뷰는 두고두고 남길 만한 것이다.

방송 경력 17년 차인 그의 촉이 그렇게 외치고 있었다.

"10이닝 동안 정말 고생하셨네요. 그래도 대기록을 작성하셨으니 기분은 좋으시겠어요."

"기분이 썩 좋지는 않습니다. 앞으로도 이렇게 간다면 더더욱 좋지 않을 듯싶습니다."

"예?"

리포터는 얼떨떨한 표정을 지으며 뒤로 물러섰다.

몇 번을 만나 몇 번 인터뷰를 했어도 어디로 튈지 몰라서 상대하기 까다로웠다.

하지만 이상진은 그런 리포터는 아랑곳하지 않고 말을 이어

나갔다.
"한국 시리즈에 올라왔다면 우승을 위해 싸우는 게 기본입니다. 충청 호크스와 강남 그리즐리. 솔직하게 말해서 오늘 경기는 매우 재미가 없었습니다."
대기록을 세운 투수의 한마디 한마디가 두 팀의 명치를 후려갈겼다.
"어느 팀이건 결승을 응원하러 온 팬들 앞에서는 조금 더 발악해 보셨으면 좋겠네요."

*　　　*　　　*

호크스의 분위기는 심상찮았다.
재미없었다는 한마디에 베테랑들은 물론 데뷔한 지 3~4년도 되지 않은 신인들까지.
전부 기분 나쁘다는 표정이었다.
하지만 이상진은 아무렇지도 않다는 표정으로 선수단을 둘러봤다.
"왜? 기분 나쁘냐?"
"상진이 형, 솔직히 기분 안 나쁜 게 이상한 거 아니에요?"
한 살 아래인 이대양이 슬쩍 다가와서 항변하자, 이상진의 눈꼬리가 확 올라갔다.
"기분이 왜 나쁜데? 진실을 들으니 불편한 거냐?"
대양은 입을 다물었다.

다른 선수들도 입을 다문 채 아무 말도 하지 않았다.

이상진은 그런 동료들을 바라보며 다시 일침을 가했다.

"한국 시리즈에 왔으니 만족할 수도 있겠죠. 이쯤 했으면 아무도 우리를 탓하지 않겠지. 이렇게 생각할 수도 있겠죠. 그런데 그건 자기만족에 취해서 편해지고 싶은 것밖에 안 되잖아요?"

경기를 끝내고 환호 속에서 더그아웃으로 돌아온 상진은 다시 실망했다.

오늘 경기 막판에 되살아나나 싶더니 다시 지친 눈빛으로 돌아갔다.

"누가 그랬죠? 이 세상은 1등만 기억하는 더러운 세상이라고. 우리가 2등으로 시즌을 끝마쳐 봤자 몇 년이나 기억할까요? 10년 넘게 하위권에서 맴돌다가 한 번 반짝하고 내년에 다시 몰락한다면 누가 기억할까요?"

상진은 더그아웃에 있던 자신의 장비 가방을 따로 챙겨 나오면서 차갑게 내뱉었다.

"머리 좀 식히고 들어가겠습니다. 하지만 저는 말을 철회할 생각도 없고, 그러라는 이야기도 듣지 않겠습니다. 잘 생각해 보십시오."

문이 닫히고 이상진의 모습이 보이지 않게 되자 선수들의 입에서 불평들이 튀어나오기 시작했다. 하지만 최고참인 김대균이나 주장인 이정열의 생각은 달랐다.

"그래서 너희는 오늘 최선을 다했다고 생각하는 거냐?"

대균의 한마디에 선수단은 꿀 먹은 벙어리가 됐다.

후배의 말이라고 해도 그는 허투루 듣지 않았다.

오히려 예전에 상진과 이야기를 자주 했던 경험 때문에 방금 전의 말을 보다 가슴으로 이해할 수 있었다.

"아까 상진이가 그랬지. 진실을 들어서 불편하냐고. 나도 그렇게 묻고 싶은데? 너희는 정말 최선을 다했냐? 이쯤이면 되겠지. 이런 생각을 단 한 번이라도 해 본 적이 없는 거냐?"

그럴 리가 없다.

경기 시작 전부터 그런 마음을 먹고 있었다.

팬들도 이 정도면 생각했던 것 이상의 성과라며 칭찬해 주고 있었다.

그리고 팀에서도 작년 이상의 보너스와 더불어 연봉 인상도 생각한다는 이야기도 있었다.

여기에서 그만둔다고 해도 플러스 요소밖에 없는데 굳이 더 힘을 써야 하나.

이런 생각을 단 한 번이라도 안 해 본 사람은 없었다.

"한국 시리즈에 올라왔으면 당연히 우승을 노려 봐야겠지. 하지만 시작 전부터 만족해 버린 우리를 위해 상진이는 퍼펙트 게임을 보여 주면서 승리를 가져다줬다. 그럼 이제 유리한 건 누구지?"

유리한 건 당연히 충청 호크스였다.

한국 시리즈 1차전을 승리로 가져간 팀이 우승할 확률은 75퍼센트에 육박한다.

유리한 고지를 점한 것도 모자라, 우승을 반 이상 거머쥐었다고 봐도 무방했다.

"그런데 우리는 승리를 거두고 우승을 목표로 해도 모자를 판에 축 늘어져 있으니 실망할 만하겠지."

이정열도 한마디 거들었다.

주장이었기에 그는 선수단이 얼마나 지쳐 있는지 알고 있었다.

그도 나이가 나이인 만큼 체력적으로 부침이 힘들었다.

하지만 지금 정열의 심장은 뜨겁게 뛰고 있었다.

"이제 내년이면 한국 나이로 나도 서른일곱이야. 언제 은퇴해도 이상하지 않을 나이지."

이정열은 주먹을 꽉 쥐어 가슴 앞에 가져갔다.

"우승을 해 보지 못하고 은퇴하는 선수들은 숱하게 많다. 이곳에 있는 사람들 중에 거의 대부분이 그렇겠지."

여러 팀을 전전해 오면서도 그 역시 단 한 번의 우승 경력을 갖지 못했다.

은퇴가 목전까지 다가온 데다가 팀 전력이 전력인 만큼 포기한 적도 있었다.

"하지만 지금……! 꿈이 손에 잡힐 듯이 와 있는데, 너희는 그렇게 늘어져 있기만 할 거냐? 너희의 커리어에 우승 경력 하나쯤은 적어 넣고 싶지 않냐?"

꿈을 꾸었다.

언제나 꿨던 우승에 대한 꿈.

그런데 이상진은 그걸 현실로 만들어 줬다.

"이 나이를 먹고도 꿈을 꿀 수 있다는 게 얼마나 행복한 건지. 단 하나의 팀만이 우승이라는 과실을 차지할 수 있다는 게 얼마나 기적적인지. 그래서 이런 기회를 만들어 준 상진이한테 고마울 따름이다."

우승할 수 있는 발판과 우승을 거머쥘 수 있다는 희망.

정열은 후배라고 하지만 이 모든 것을 현실로 끄집어낸 이상진이 존경스러웠다.

"도전하지 않는 자가 우승할 확률은 0퍼센트겠지. 하지만 도전을 한다면 0퍼센트가 아니다. 죽을힘을 다해서 싸우고 결과를 받아들이자. 그리고서도 준우승이라면 그때 포기해도 늦지 않아."

정열의 가슴 속에서 타오르는 불꽃은 어느새 선수단 미팅룸을 에워쌌다.

"나는 발버둥을 칠 거다. 우승을 손에 넣기 위해서. 너희는 어떻게 할 거지?"

* * *

근육이 따끔거렸다.

경기가 끝나고 근육의 긴장이 풀리자 104구로 퍼펙트게임을 달성한 여파가 몰아닥쳤다.

그래서 가볍게 근처 찜질방에 들어가 몸을 풀었다.

"여기에 있었냐?"

"후, 어떻게 알고 왔어요?"

찜질방 안에 들어온 정열과 대균은 상진의 옆에 드러누웠다.

"매니저한테 연락해 봤지. 신영호 씨던가?"

"그 양반이."

이를 갈면서 한숨을 내쉬었다.

휴대폰도 그가 관리했고, 지금 어디에 있는지도 알고 있으니 당연한 일이었다.

"악역을 맡아 줘서 고맙다."

"알고 있었어요?"

"당연하지. 우리도 한마디 할까 했는데, 경기 시작 전에 혼자 싸우겠다면서 뛰쳐나간 네 마음은 오죽하겠냐."

악역을 맡은 건 딱히 서로 말을 맞추고 한 게 아니었다.

그저 해야 할 일이었기에 했을 뿐이었다.

시즌 중에는 노히트노런, 한국 시리즈 1차전에서는 퍼펙트게임.

무엇보다 올해 방어율이 0점대인 자신의 말은 어마어마한 파문을 일으킬 것이란 건 이미 알고 있었다.

"그냥 짜증났을 뿐이에요."

"그 짜증도 우리가 있으니까 털어놓은 거잖냐?"

상진은 못 말린다는 표정을 지으며 옆에 있는 맥반석 달걀을 한입에 집어넣고 사이다를 마셨다.

경기가 끝나고서도 여전히 먹고 있는 상진을 보며 씩 웃은 정열도 달걀을 하나 까서 베어 물었다.

"우승하자."

"우승하고 싶다가 아니고요?"

"여기까지 왔으면 당연히 우승을 해야지. 안 그러냐, 퍼펙트 게임의 영웅?"

"영웅이고 자시고. 그래서 사람들은 어때요?"

"이제 알 바 아니야."

선수들을 추스르고 이끌어야 하는 주장의 입에서 나온 말 치곤 상당히 무책임했다.

하지만 이정열은 정말 그렇게 생각하고 있었다.

"솔직한 감상으로 저렇게까지 이야기했는데도 아무것도 느끼지 못한다면 함께 우승으로 갈 자격이 없는 걸 인정하는 셈이겠지."

"동감이에요."

스스로 느끼지 못한다면 아무것도 해낼 수 없다.

그런 선수는 그저 코칭스태프나 프런트의 지시에 따라 수동적으로만 움직일 뿐.

팀 내부에서 주도적으로 움직이지도 못하며 성장마저도 다른 사람에게 의지해야 한다.

그런 사람은 야구 선수라고 말하기도 부끄러웠다.

대균은 상진의 어깨를 툭툭 치면서 웃음을 터뜨렸다.

"푸하하! 첫 경기에서 퍼펙트를 달성한 소감은 재미가 없다니. 아무리 생각해도 걸작이다, 걸작."

"솔직히 재미가 없었어요, 대균이 형."

그의 말에 상진은 푸념하듯 대답했다.

늘 웃으면서 경기를 하던 상진은 9회 전까지 전혀 웃지 않았다.

그나마 웃은 것도 그때까지의 상황이 어처구니없어서였다.

혼자서 팀을 승리로 이끄는 것도 한두 번이 아니었다.

하지만 설마하니 퍼펙트를 달성하고 있는데도 그 정도로 무기력한 공격력을 보여 줄 줄은 몰랐다.

"뭐야, 여기에 있었네요?"

"인재도 왔네?"

슬그머니 찜질방 안으로 들어온 사람은 투수조 선배인 장인재였다.

뒤를 이어서 충청 호크스의 선수들이 하나둘씩 들어오기 시작했다.

"다들 안 쉬고 왜 여기에 왔어요?"

"그거야 뻔하잖아?"

그리고 오랜만에 이상진의 입가에 미소를 짓게 만든 대답이 돌아왔다.

"내일 경기를 대비한 미팅을 한번 해 보자고."

VICTORY
시작을 했으면
끝도 봐야 하는 법

"으하하하! 역시 대단한 선수 아닌가?"

김성연 회장의 웃음소리가 방음 잘되기로 유명한 호텔 최고급 VIP룸 밖까지 새어 나올 것만 같았다.

"별로 대단할 것 없습니다."

"겸손하기까지 하군. 유형진 이후로 우리 팀에 이런 선수가 나올 줄은 몰랐네."

퍼펙트게임을 달성하며 한국 시리즈 1차전을 승리했다.

지원해 주는 모기업 회장으로서 이만큼 좋은 일도 없었다.

"20년 전에 우승한 이후로 다른 기업 회장 놈들한테 자존심 상했는데, 오랜만에 호쾌했네. 금일봉은 나중에 정식으로 주도록 하고."

순간 김성연 회장의 분위기가 바뀌었다. 조금 전까지 웃으며 즐거워하던 표정에서 단번에 진지함을 몸에 둘렀다.

"감독과 단장에게 들으니 메이저리그에 가고 싶다고 했다던데?"

"그렇습니다. 저는 메이저리그에 가고 싶습니다."

"좋네. 확실하게 지원을 약속해 주지. 하지만 적당한 연봉이 맞아야지 포스팅을 허락할 생각이네."

모기업의 회장까지 지원을 약속하자 상진은 보기 드물게 얼굴에 화색을 띠었다.

그리고 적당한 연봉이라는 말도 어느 정도는 공감했다. 자신 역시 생각해 둔 연봉이 있기 때문이다.

"저도 연봉이 맞아야 갈 생각입니다."

"얼마 정도 생각하지?"

"500만 달러 정도 생각해 두고 있습니다."

500만 달러라면 원화로 60억 정도 되는 연봉이었다.

물론 기존에 유형진이 그것의 몇 배나 되는 연봉으로 갔던 걸 생각하면 소소한 연봉이었다.

"생각보다는 적군."

"여태까지 제가 쌓아올린 게 없기 때문입니다. 유형진 선배 같은 경우는 데뷔 이후부터 메이저리그 진출까지 매년 자신의 기량을 증명했죠. 하지만 저는 다릅니다. 단기간의 임팩트만으로 쉽게 진출하리라 생각하진 않습니다."

"팀에서 하는 행동을 들으면 이상주의자라고 생각했는데 의

외로 현실적이군."

기업가는 현실을 냉정하게 보면서 동시에 미래의 리스크를 계산해야 했다. 그런 면에서 김성연 회장은 이상진의 생각이 매우 마음에 들었다.

"프리미어 12가 끝나면 포스팅 절차에 들어가게 해 주겠네."

한국 시리즈가 끝나면 이상진도 WBSC 프리미어 12 국제대회 참가를 위해 대표 팀에 합류해야 한다.

포스트시즌에 참가하지 못한 팀이나 이미 탈락한 팀의 선수들은 이미 합류해서 훈련 중이었다.

"그런데 혹시 프리미어 12 대회도 염두에 두고 있었던 건가?"

그 말에 상진은 그저 웃을 뿐이었다.

*　　　*　　　*

이상진은 30년 가까이 한국에서 살았다.

그렇기에 미국은 확실한 외국이었다.

한국인보다 훨씬 많은 외국인들 사이에서 한국어가 아닌 영어를 사용하며 지내기 위해서는 적응이라는 게 필수였다.

그리고 무엇보다 중요한 건 바로 메이저리그 자체에 적응하는 일이었다.

"메이저리그에 진출했던 선수들 중에 실력이 확실한 사람은 꽤 많아. 하지만 그들이 적응하지 못한 이유는 여러 가지 있지."

현지의 식생활에 적응하지 못했다든가.

아니면 고향에 대한 향수에 빠져서 슬럼프가 찾아온다든가.

그리고 메이저리그의 선수들이 보여 주는 패턴과 스타일에 적응하지 못했다든가.

"듣고 있냐?"

"듣고 있어요, 영호 형. 그런데 생각보다 많이 조사했는데요?"

"나도 나름대로 공부한다니까."

"그러는 사람이 한국 시리즈가 몇 차전까지 하는지도 몰라요?"

"아! 그건 착각했다니까! 요새는 무승부 안 나오는 줄 몰랐지!"

그래도 상진은 영호가 정리해 둔 자료를 훑어보면서 내심 감탄했다. 생각보다 잘 정리된 자료들이었다.

여태까지 자신이 등판한 경기에 찾아온 메이저리그의 스카우터들. 그리고 그들이 몇 번이나 왔었는지를 기록해 두기도 했다. 가장 많이 관심을 보이는 구단, 그리고 그렇지 않은 구단들까지.

자료의 한쪽에는 미국에서 보도된 자신에 대한 기사까지도 곁들여 있었다.

"비즈니스는 확실하게 하시네요."

"시끄러워. 그래서 갈 곳은 생각해 둔 거냐?"

"아뇨. 회장님하고 이야기한 대로 적절한 금액인 곳으로 가야죠. 예전처럼 한 팀하고만 포스팅 계약할 수 있는 것도 아니고요."

팀 선배인 유형진이 메이저리그에 갈 때는 포스팅 금액이 가장 높은 팀하고만 계약을 할 수 있었다.

그래서 다른 팀과는 계약이 불가능했다.

하지만 이제 규정이 바뀌었기에 포스팅에 참가한 다른 팀과도 계약을 논의할 수 있게 됐다.

"자, 도착했다."

"그럼 들어가 볼게요."

"2차전에는 어떻게 될 거 같냐?"

"어떻게 되긴요."

상진은 씩 웃으면서 엄지손가락을 치켜세워 보였다.

"어떻게든 되겠죠."

*　　　*　　　*

한국 시리즈 1차전부터 퍼펙트게임이 나오자 강남 그리즐리의 기세는 한풀 꺾였다.

비축해 둔 힘으로 충청 호크스의 기세를 꺾어 보려고 했던 김대영 감독의 구상과는 달리 2차전에도 연속으로 무너지고 말았다.

―선발로 등판한 그리즐리의 이영화 선수가 6회까지 2점을 내주며 호투했지만 역부족입니다!

―강남 그리즐리의 불펜진 맥없이 무너집니다! 7회에만 3실점!

—충청 호크스의 타선이 불타오르고 있습니다!

양 팀의 선발진은 2점만 내주며 서로 6이닝을 버티고 내려갔다. 하지만 불펜진이 문제였다.

이상진을 상대하며 10이닝까지 총 6명의 투수를 사용한 강남 그리즐리는 오늘도 투수를 대거 투입할 수밖에 없었다.

그 와중에 밸런스가 무너진 투수가 있었고 그건 실점으로 이어졌다. 2차전까지 무사히 가져갔지만 3차전은 강남 그리즐리가 차지했다.

홈인 송파 구장에서 2연패를 한 강남 그리즐리는 대전으로 오자마자 갚아 주듯 승리를 거머쥐었다.

선발로 등판한 마이카를 난타하며 초반부터 8점을 내며 우세를 가져갔고 승부를 결정지었다.

"오늘은 아무래도 안 되겠군."

경기장을 꽉 채우고 있는 팬들에게 미안할 지경이었다.

10 대 2라는 점수 차는 생각보다 컸다.

그래도 이상진을 비롯해서 외국인 투수 둘을 내서 2승 1패였기에 아직은 유리한 고지를 차지하고 있었다.

"내일 선발 예고가 문제인데."

"장인재를 등판시킬까요?"

선발진이 얄팍한 게 여기에서 드러났다.

그래도 이상진을 비롯한 안토니, 마이카로 3선발까지 탄탄해서 여기까지 버텨 왔다.

하지만 4차전에 올릴 선발투수가 궁했다.

"모르겠군."

"이상진을 올리기에는 너무 시기상조라고 생각됩니다."

선발 로테이션을 고려한다면 이상진은 내일 등판하는 게 가장 나아 보였다.

내일 경기까지 빼앗긴다면 시리즈 전적은 2승 2패로 동률이 된다. 그러면 이상진으로 1차전을 승리해 얻어 낸 우위가 단숨에 사라지고 원점으로 돌아간다.

한현덕 감독은 이상진을 등판시켜서 승리를 거둘 수 있다는 건 의심하지 않았다.

그래도 체력적인 면이나 부상 재발이 걱정됐다.

"상진이를 불러와."

펜스 앞에 나가서 응원에 열중하던 이상진은 한현덕 감독의 부름을 받고 더그아웃 안에 들어왔다.

상진의 얼굴을 본 현덕은 잠시 고민했다.

이번에 승부수를 띄우는 건 전적으로 이상진을 믿기 때문이다.

이상진이라면 9이닝을 버틸 수 있다.

이상진이라면 무실점 경기를 만들 수 있다.

"이상진, 너는 5차전에 선발로 등판한다."

"내일이 아닌가요?"

"그래. 대신에 내일 불펜 전원 대기를 한다."

한현덕 감독이 나름대로 꺼낸 승부수였다.

"5차전이 끝나면 하루 휴식일이 있지. 그렇다면 차라리 4차전에 불펜진의 힘을 전부 쏟아붓고 5차전은 너에게 맡긴다."

"그렇군요. 믿어 주셔서 감사합니다."

"설명도 안 듣고. 그러니까 눈치가 좋다고 해야 하나? 아니면 고맙다고 해야 하나?"

"둘 다 해 주시면 좋죠."

상진의 입가에는 자신만만한 미소가 떠올라 있었다.

올해 들어서 트레이드마크처럼 된 미소였다.

지금 한현덕 감독은 5차전에 자신이 승리할 것을 믿어 의심치 않기 때문에 이런 스케줄을 세운 것이다.

4차전에 외국인 선발투수 둘과 이상진을 제외한 투수 전원을 퍼붓는다. 이 경우 승리하거나 패배해도 양쪽 전부 어느 정도의 이점은 있다.

승리를 거둔다면 5차전에 이상진이 등판한다. 3승 1패로 우위를 점한 시점에서 이상진의 등판은 충청 호크스의 우승에 쐐기를 박겠다는 말이었다.

그리고 패배하면 시리즈 전적은 2승 2패가 된다. 이 경우 5차전에 이상진을 내세워 승리를 거둔다면 다시 3승 2패로 우위에 서게 된다.

"그리고 네게 미리 사과하마. 만약 내일 경기에서 진다면 6차전은 좀 이르고, 7차전에서 너를 망설임 없이 기용할 생각이다."

"감독으로서 당연한 일이죠. 그런 것 가지고 사과하실 필요는 없어요."

오히려 승부사라고 할 만한 대목이었다.

4차전에 이상진을 투입하지 않고 체력 안배에 신경을 써 주면서 동시에 뒤에 이어진 5, 6, 7차전을 신경 쓴다.

그리고 시리즈를 결정지을 순간이 찾아오면 에이스 투수를 불펜으로 등판시키는 건 메이저리그에서도 많이 볼 수 있다.

결코 사과할 일은 아니었다.

"그러면 편하게 내일 경기를 지켜보도록 하자."

* * *

4차전 선발은 장인재였다.

그리고 한현덕 감독은 전날 말했던 것처럼 이상진과 외국인 선발 둘은 제외한 투수 전원을 불펜에 대기시켰다.

"아웃!"

아슬아슬한 경기였다.

1회부터 양 팀 선발들은 매 이닝마다 안타를 계속 내주었다.

4회까지 서로 4점을 내면서도 승부의 균형은 계속 유지했다.

내일 선발로 예정된 상진도 입술이 바짝바짝 말라 왔다.

"공이 여간 까다로운 게 아니야."

"괜히 테크니션이라고 불리는 게 아니니까."

강남 그리즐리의 유의환은 구속은 느려도 구위가 좋았다.

그만큼 평균적인 회전수가 월등했다.

그래서 상진이 구종을 정확히 읽어 알려 줬음에도 타자들은 생각보다 좋은 제구와 유인구에 속아 넘어갔다.

"점수는 내고 있으니까 다행스럽긴 한데."

마음 같아서는 아슬아슬한 지금 등판해서 승패를 결정짓고 싶었다. 하지만 내일 선발로 등판한다는 사실이 마음에 걸렸다.

상진은 고개를 돌려 더그아웃 안을 바라봤다.

4회까지 공 87개로 틀어막고 교체된 장인재의 몸은 이미 쌀쌀해진 날씨임에도 땀으로 흠뻑 젖어 있었다.

'지난번과는 확실히 바뀌었다.'

대균과 정열을 비롯한 베테랑들이 중심을 잡아 줬기 때문일까. 흐트러졌던 1차전 때의 모습은 찾아볼 수 없을 정도로 팀은 단결하고 있었다.

상진은 그런 동료들의 모습을 보며 입가에 희미한 미소를 띠었다.

"재환이 형! 한 방 날려!"

타석에 들어가 있던 재환이 더그아웃을 흘끗 바라보며 주먹을 쥐어 보이고는 타석에 섰다.

재환은 강남 그리즐리에 몸담고 있다가 호크스로 트레이드되어 이적했었다.

자신의 옛 팀과 결승전에서 마주한 그의 마음은 복잡했다.

자신을 트레이드했던 친정팀이 원망스럽기도 했고, 혹은 이런 기회를 잡을 수 있도록 보내준 것이 고맙기도 했다.

그만큼 온갖 감정들이 마음 속에서 휘몰아치는 결승전이었다.

"한 방 날려 보라고요!"

자꾸 귓가에 들려오는 이상진의 목소리에 재환은 다시 쓴웃음을 지었다.

올 한 해 동안 저놈 때문에 얼마나 웃고 울었는지 모른다.

그래도 이렇게 자신의 과거와 마주하게 해 주고, 결승까지 팀을 이끌어온 상진에게 고마웠다.

'어찌 됐든 지금이 중요하니까.'

자신은 충청 호크스의 주전 포수.

지금은 그게 가장 중요했다.

유의환의 투구에 맞춰 재환은 힘차게 배트를 휘둘렀다.

* * *

4차전에 충청 호크스는 분발했으나 9회 초에 역전 점수를 주며 패했다.

시리즈 전적은 이제 2승 2패.

무엇보다 홈에 와서 당한 2패는 뼈아팠다.

그래도 충청 호크스의 팬들은 정규 시즌 1위 팀인 강남 그리즐리와 팽팽하게 시리즈를 가져가는 선수들을 응원했다.

그리고 아직 팬들에게는 믿는 구석이 있었다.

「충청 호크스의 5차전 선발투수는 이상진」

「강남 그리즐리의 조슈아와 리턴 매치, 이번 승부의 향방은?」

「원점으로 돌아온 한국 시리즈, 다시 앞서 나가는 것은 누구?」

2019년 충청 호크스의 에이스 투수.

다음 경기인 한국 시리즈 5차전은 바로 이상진의 선발 등판으로 확정되었다.

호크스 팬인 한진수는 간신히 표를 구하는 데 성공했다.

그런데 안타깝게도 하필이면 3루 원정팀 응원석이었다.

그곳은 바로 강남 그리즐리의 팬들이 뭉치는 곳.

제대로 응원을 할 수 있을 리가 없었다.

"야, 너는 구해도 하필 이런 데로 구하냐?"

"어쩔 수 있냐? 아니면 네가 한 장에 80만 원, 90만 원 하는 암표를 살래? 이거라도 감지덕지하지."

친구인 유민재는 인상을 찌푸리면서도 입을 닫았다.

이상진의 등판일만 되면 암표상들이 기승을 부렸다.

경찰들이 아무리 잡고 단속해도 이것만큼은 어쩔 도리가 없었다.

3루 원정팀 응원석이라고 해도 감수해야 했다.

"야, 그런데 어째 분위기가 이상하다?"

어제의 승리로 강남 그리즐리는 2승 2패의 균형을 맞추는 데 성공했다.

그런데 3루 원정팀 응원석 쪽으로 갔는데 분위기는 무척이나 조용했다.

응원보다는 그냥 집중해서 경기를 보는 데 의의를 두는 듯했다.

"되게 조용한데?"

"그러게."

응원 소리가 드높아도 모자랄 판에 흥분한 기색도 없었고, 이상진에 대한 울분을 토해 내지도 않았다.

강남 그리즐리의 팬들은 차분하게 경기 시작을 기다리고 있었다.

"오늘 왜 이렇게 조용한 거죠?"

보다 못한 진수가 옆에 있는 사람에게 넌지시 물었다.

강남 그리즐리의 유니폼을 입고 모자를 쓰고 있던 남자는 의아한 표정으로 위아래를 훑어보다가 뭔가 알았다는 표정이 됐다.

"호크스 팬이시죠?"

"예? 아, 아, 아뇨."

"에이, 지금 이쪽에 그런 사람이 한둘이 아니니까요. 그냥 편하게 앉으세요. 이상진이 선발로 등판하는 경기는 늘 이래요."

"늘 이렇다니요?"

이해할 수 없는 말에 진수와 민재는 여전히 어리둥절한 표정을 지었다.

답답했는지 강남 그리즐리의 팬은 가지고 온 맥주를 한 잔씩 건네주면서 말했다.

"오늘 이상진이 등판하니까 호크스 팬들은 승리를 확신하고 있죠?"

"네. 그렇죠. 100퍼센트 확실한 보증수표니까요."

"그걸 역으로 생각하면 그리즐리 팬들은 어떨까요?"

호크스 팬들이 100퍼센트 승리를 장담하는 것과 반대로 그리즐리 팬들은 100퍼센트 패배를 확신하고 있었다.

"여기 온 사람들은 전부 이기지 못할 거라면 차라리 이상진이 던지는 걸 구경이나 하자면서 왔어요."

"아!"

"그러니까 이상진 응원할 거라면 편하게 해도 돼요."

호크스 팬들이 과거 보살이라고 불렀던 것과 마찬가지로 그리즐리의 팬들도 이미 해탈하고 있었다.

오히려 그들은 사방에서 연달아 외치는 이상진의 이름을 따라서 외치기도 했다.

이상진으로 두 팀의 팬들이 하나가 되는 기묘한 광경에 진수와 민재는 그만 할 말을 잊어버렸다.

* * *

홈에서 경기하는 것과 원정에서 경기하는 건 확실한 차이가 있다.

환호성과 야유의 비율부터 시작해서 분위기까지 달랐다.

특히 상진에게 있어서 대전 호크스 파크는 10년이나 함께해온 고향과도 같았다.

"이상진! 이상진!"

관중석을 꽉 채운 호크스의 팬들은 아직 등판하기도 전인데도 이상진의 이름을 연호하고 있었다.

그만큼 이상진에게 거는 기대를 반증하기도 했다.

유형진의 메이저리그 진출 이후로 이런 투수가 없었다.

그래서 몇 년 동안 이런 선발투수를 얼마나 기다려 왔던가.

"호크스의 에이스! 호크스의 불사조!"

더그아웃이 들썩거릴 정도의 함성이었다.

아마 경기장 바깥에서도 이 함성이 들리겠지.

그리고 안에서 데이터를 챙겨 보던 한현덕 감독은 순간 두 배는 커진 함성에 깜짝 놀랐다.

"뭐야?"

원인은 여지없이 이상진이었다.

아직 경기가 시작하기 전이긴 했어도 더그아웃 바깥에 나와 그라운드의 잔디를 밟으며 천천히 걸어 나왔다.

그리고 뒤로 돌아 더그아웃 위에 있는 1루 관중석을 올려다 보며 두 손을 번쩍 치켜든 것이었다.

"이상진이다!"

"상진이 형! 오늘도 삼진 많이 잡아 주세요!"

"오늘도 퍼펙트 해 버려!"

단지 나와서 만세 포즈를 한 번 해 보인 것뿐인데도, 관중석은 금방이라도 폭발할 화산처럼 부글거렸다.

그 모습을 보면서 정열은 혀를 찼다.

"하여튼 저놈은 쇼맨십 하나만큼은 일품이란 말이지."

"야구 선수 안 했으면 연예인을 했을 놈이야. 아니면 정치인을 했든가."

김대균도 어처구니없다는 듯 웃으면서 장비를 챙겼다.

한국 시리즈에서 2승 2패로 승부는 균형이 맞춰졌다.

그런데도 중압감 하나 느끼지 않는다는 얼굴로 관중들의 앞에 나가서 오히려 열기를 돋우고 있었다.

"그런데 오늘 불펜을 쉬게 한다던데."

"그러니까 오늘 투수들은 장비도 제대로 안 풀었잖냐."

어제 투수를 일곱 명이나 퍼부었음에도 패배한 충격은 아직도 남아 있었다.

그만큼 어제의 패배는 뼈아팠다.

"그래도 상진이니까."

한국 시리즈가 팽팽하게 흘러갈수록 선수들의 의식도 점차 변해갔다.

처음에는 준우승만 해도 감지덕지라고 생각하던 선수들은 점점 우승이 손에 닿을 듯 다가오자 마음가짐을 바꿨다.

그게 어제의 경기였다.

이상진이 없어도 정규 시즌 1위인 강남 그리즐리와 1점차 팽팽한 승부를 가져갔다.

패했다고는 해도 오히려 충청 호크스의 기세는 더욱 불타오르고 있었다.

더그아웃으로 돌아온 상진은 조심스럽게 현덕에게 말했다.

"감독님, 잠깐 선수들한테 한마디 해도 괜찮을까요?"

"마음대로 해라."

허락이 떨어지자 상진은 더그아웃에 모여서 개인정비를 하고 있는 동료들에게로 다가갔다.

"자, 오늘 5차전에 등판하게 된 이상진입니다. 오늘도 바짝 긴장하고 계십니까?"

"뭐야? 말투 역겨워."

"셧업! 보이!"

외국인 타자 윌리엄마저도 농담을 던지며 웃었다.

상진은 어깨를 으쓱거리고는 공 하나를 쥐고 허공에 던져 보며 말을 이었다.

"오늘 딱히 바라는 건 없습니다. 딱 1점만 내 주면 내가 다 알아서 할 겁니다. 그것도 못 하진 않겠죠?"

"이런 건방진 새퀴. 1점이 아니라 10점이라도 내 주마."

장난인 걸 아는 강민이 울컥하는 표정을 짓다가 웃음을 터뜨렸다.

"조슈아 상대로요?"

"조슈아가 아니라 네가 등판한다고 해도 점수를 내 주마. 네가 같은 팀이라 칠 일이 없어서 그렇지 네가 등판하면 1회 안에 강판시켜 줄 거다."

고작 1점만 내 달라는 이야기에 울컥한 타자들이 일제히 성토하자 상진은 으쓱하면서 박수를 짝 하고 쳤다.

"그러면 오늘 몇 점 낼 건데요? 간만에 내기 한번 해 보죠. 저는 '우리 팀이 많이 내 봤자 2점 낸다'에 걸게요."

"7점 내 주마!"

"아니, 그건 좀 많은 거 아니에요?"

"그, 그러면 4점으로 할까?"

선발로 나서는 타자들에게서 온갖 소음들이 터져 나왔다.

이상진의 말에 울컥해서 열이 뻗친 타자들부터 시작해서, 그나마 냉정하게 타선을 평가하고 현실적인 점수를 제안하는 선수들까지.

지금 그들에게서 1차전을 시작하기 전 무력했던 모습을 찾아볼 수는 없었다.

"그러면 우리 팀 득점이 2점 이하로 끝나면 내가 이기는 거로 하고 3점 이상이면 타자들이 이기는 걸로. 오케이?"

"콜!"

"어디 해보자!"

여태까지 이상진과 했던 내기에서 대부분 졌던 타자들은 이를 갈며 다시 도전을 외쳤다.

* * *

"스트라이크!"

5회에 선두로 올라온 강남 그리즐리의 4번 타자 김재욱은 어처구니가 없었다.

사이드암으로 던진 초구는 스트라이크존 중앙으로 날아오다가 갑자기 뚝 떨어졌다.

배트를 허공에 휘두른 김재욱은 이를 갈면서 이상진을 노려

봤다.

'구속 조절에 3가지 폼에 다양한 변화구. 그것에서 비롯된 수 없이 많은 패턴은 미리 예측할 수 없다.'

투수의 손에서 공이 떠나고 포수의 미트에 들어오는 그 짧은 틈에 순간적인 판단을 해야 한다.

하지만 다른 투수는 구종만 생각해도 되는 것과 달리 이상진은 던질 때의 폼, 손에서 떠날 때의 구종.

최소한 한 단계는 더 거쳐야 했다.

이것이 타자들의 순간적인 대응을 늦어지게 만들고 있었다.

'그렇다면 폼까지만 읽고 구종은 될 대로 되라지!'

"스트라이크!"

하지만 두 번째도 속절없이 배트는 돌아갔다.

김재욱은 짜증스러운 얼굴로 포수를 돌아보면서 배트를 고쳐 쥐었다.

'어떻게 된 놈이 실투 한 번을 안 던지냐!'

퍼펙트게임을 달성한 1차전에도 그랬고 지금 벌어지는 5차전에도 그렇지만 이상진이 던진 실투성 투구는 없었다.

무려 15이닝 동안 실투를 던지지 않은 것이다.

이 정도로 완벽한 제구력을 보여 주는 선수는 그의 기억에 전무했다.

"스트라이크! 타자 아웃!"

세 번째로 날아온 공은 평범한 스리쿼터로 던진 포심 패스트볼이었다.

주로 이상진이 결정구로 쓰던 투심 패스트볼을 노리고 있던 김재욱은 타이밍을 놓치고 마지막 기회마저 허공에 날려 버렸다.

"쓰읍!"

"잘 들어가요~."

과거 한솥밥을 먹었던 재환의 목소리를 뒤로 하고 재욱은 몸을 돌려 더그아웃으로 향했다.

분함으로 배트를 쥐고 있는 손이 부르르 떨려 왔지만, 그가 할 수 있는 건 아무것도 없었다.

* * *

이상진은 1차전에 이어 5차전에서도 압도적인 투구를 이어 나갔다.

그 누구도 비교 대상에 올려놓지 않겠다는 듯 연속으로 삼진을 잡고, 간혹 안타를 맞아도 다음에 병살로 바로 이닝을 끝내 버렸다.

"부처님 손 위의 손오공이 따로 없군."

"경기를 완전히 휘어잡았습니다. 이미 승부는 끝난 거나 다름없군요."

5회까지 무실점으로 막아 낸 이상진은 6회에도 그리즐리의 타자들을 제압했다.

농락이라는 말이 아깝지 않을 정도의 활약이었다.

"작년을 생각한다면 상전벽해 같은 일이야."

"그러게 말입니다."

한현덕 감독과 송신우 코치는 서서히 승부를 결정짓고 상대방의 의지를 꺾어 놓는 이상진을 흐뭇한 얼굴로 바라봤다.

하지만 충청 호크스의 타자들은 울상이었다.

"젠장. 1점밖에 못 내다니."

경기 시작하기 전에 이상진이 부탁한 점수는 단 1점.

그리고 이상진과 타자들이 내기에 걸었던 점수의 경계는 3점이었다.

지금으로부터 2점은 더 따내야 타자들이 승부에서 이길 수 있는데, 상대 선발인 조슈아는 만만치 않았다.

"조슈아가 올해 20승을 찍은 게 그리즐리에 있어서만은 아니었는데."

이상진이 22승을 거두며 파란을 일으켜서 그렇지, 상대 선발인 조슈아도 20승을 찍은 만큼 얕볼 상대가 아니었다.

그리고 상대 선발투수에 대한 평가를 수정하고 공격적으로 나섰어도 결과는 크게 변하지 않았다.

6회 말 타석에 섰던 충청 호크스의 타자들은 하나둘씩 아웃카운트를 늘려 주고 더그아웃에 돌아와야 했다.

"푸하하하!"

"웃지 마라."

"형이 못 웃어도 저는 웃을 수 있을 거 같은데요?"

상진은 이를 드러내면서 자신만만한 미소를 지었다.

상대 선발투수인 조슈아가 6회 말까지 1점만 내주며 틀어막고 있었다.

이대로 가면 내기는 자신의 승리가 된다.

"아주 그냥 내기에서 이긴다고 기고만장해서는."

"당연히 기고만장해야죠. 아! 저는 소고기 무척이나 좋아합니다. 무슨 말인지는 아시죠?"

"시팍. 얼른 마운드에 나가!"

수비 장비를 챙기던 타자들은 깐족거리는 이상진을 마운드로 먼저 내쫓았다.

그라운드에 누구보다도 먼저 나와서 마운드에 오른 이상진은 주위에서 점점 커져 가는 함성을 들으며 경기장 전체를 훑어봤다.

홈 경기장에서 자신을 맞아 연신 이름을 외치며 환호하는 관중들.

이상진은 두 팔을 번쩍 들어 올리며 함성을 질렀다.

"우와아아아아아아아!"

거기에 화답하듯 관중들의 함성이 폭발했다.

그리고 이상진은 다음 순간 들려온 목소리에 마운드에서 발을 헛디디며 비틀거렸다.

"상진아! 아빠 왔다! 파이팅이다! 우리 아들내미 잘한다!"

"젠장! 오늘 표 안 구해 드렸는데 어떻게 오신 거지?"

상진의 아버지는 오늘도 관중석에서 깃발을 흔들고 계셨다.

—이상진 선수가 9회에도 등판합니다! 오늘 경기 2피안타 무실점!

—충청 호크스의 에이스는 오늘도 철벽같은 투구를 보여줍니다!

—단 하나의 점수조차 허용하지 않습니다!

—오늘 이상진 선수는 2루조차 밟게 놔두질 않네요.

손도 발도 쓸 수 없었다.

강남 그리즐리의 선수들은 9회 초에도 당연하다는 듯이 마운드에 나타나는 이상진을 보며 한숨을 쉬었다.

지금까지의 점수는 2 대 0.

하지만 이상진이라는 벽이 있는 이상 이 2점이라는 벽은 다른 팀의 10점의 가치가 있었다.

"너무 억울해하지 마라. 6, 7차전은 우리의 홈에서 열린다."

5차전이 끝나고 이제 강남 그리즐리는 홈인 서울 송파 구장으로 돌아간다.

"오히려 편하게 생각하자. 어제 졌다면 오늘 경기가 끝났을 텐데, 한 번의 유예를 얻었다고 생각하면 된다."

이렇게 말하는 김대영 감독의 목소리에도 분함이 섞여 있었다.

이상진이라는 단 한 명의 벽 때문에 승리를 거두지 못한다는 사실에도.

감독으로서 이걸 뛰어넘을 수 없다는 자괴감도.

분한 목소리 안에 모두 뒤섞여 있었다.

"돌아가서 재정비를 하자. 아직 6차전과 7차전이 남아 있으니까."

그 말을 다시 반복하면서 김대영 감독은 울음을 삼켰다.

* * *

"스트라이크! 타자 아웃!"

9회 초에 올라와서도 여전히 가뿐했다.

투구 수가 100개를 넘어도 이제는 어깨가 아프지 않았다.

꿈에 그리던 한국 시리즈 무대에서 최고의 활약을 펼치고 있는 지금이 행복해서 어쩔 줄 모를 것만 같았다.

'그래도 아버지가 보러 오셨을 줄이야.'

1차전 때는 서울에 볼일이 있으시다길래 기왕 좋으니 표를 구해 드렸다. 하지만 5차전 표는 전혀 생각하지 않았는데, 연락도 없이 오셨을 줄은 몰랐다.

'난감하구만. 진짜 표 구하기 힘들으셨을 텐데.'

그래도 기분이 좋았다. 아버지에게 자랑스러운 아들이 된 것 같아서 기분이 좋았다.

올해 특별히 활약을 펼치며 기분 좋게 만들어 드리긴 했어도, 그동안 자신의 부상과 재활에 가장 가슴 아파했던 분이 바로 아버지였다. 그런 아버지가 지금 관중석에서 누구보다 즐거워하고 계신다.

“스트라이크!”

9회 초에 올라와 타자들을 삼진으로 잡아내는 멋진 모습을 보여드리게 됐다.

예전 같았으면 이런 광경을 상상이나 했을까.

작년에는 마운드에 올라오면 아무리 머리를 굴리고 심리전을 걸어도 힘으로 밀고 오면 방법이 없었다.

아무리 노력을 기울여도 이미 반복된 부상과 재활로 너덜너덜해진 몸은 그걸 따라오지 못했다.

하지만 지금은 다르다.

올해 자신은 누구도 상대하지 못할 정도의 실력을 쌓았다.

이번 시즌이 끝나거든 누구보다도 자랑스러운 아들로서 아버지를 찾아갈 수 있게 됐다.

“아들아! 아빠는 여기에 있다!”

이상진은 쓴웃음을 짓고 말았다.

아버지의 목소리는 너무 커서 마운드까지 들릴 정도였다.

‘저러는 건 좀 자제해 주셨으면.’

아마 모르긴 몰라도 어머니는 얼굴을 감싸 쥐고 창피해하고 계실 것이다.

* * *

5차전이 끝나고 경기장에서 나오는 선수들을 향해 팬들이 달려들었다.

각각 좋아하는 선수들이 우선이긴 했어도 그들의 목적은 오늘의 주인공, 이상진이었다.

"이상진 선수! 꺄악! 이상진 선수가 여길 봤어!"

"바보야, 날 본 거거든?"

"이상진 선수다!"

사설 경호업체에서 경호원을 총동원했어도 감당 못 할 정도의 숫자가 몰려들었다.

이상진은 입구에서 걸어 나오면서 쓴웃음을 지었다.

"대략 이, 삼천 명은 됨 직한데요?"

"지금 농담이 나오냐?"

대균은 상진의 옆구리를 쿡 찌르면서 한숨을 쉬었다.

코칭스태프를 비롯한 충청 호크스 선수단 전원이 경악할 정도의 인파였다.

펜스를 따라서 환호를 지르는 팬들은 이상진의 이름을 계속 외치고 있었다.

"그래도 알죠? 오늘 내기."

"야! 이건 무효야! 우리는 8이닝밖에 공격 못 했잖아! 마지막 9회에도 공격했으면 1점은 더 냈어!"

"낙장불입. 8이닝이고 9이닝이고 2점밖에 못 낸 건 맞잖아요."

이 와중에도 타자들과 이상진은 점수 가지고 티격태격했다.

9회 초에 이미 2 대 0으로 강남 그리즐리의 공격이 끝났기에 9회 말 충청 호크스의 공격기회는 허공에 날아갔다.

8이닝밖에 공격을 하지 못했던 타자들은 9회에 올라갈 기회가 있었다면 점수를 더 낼 수 있었을 거라며 억울해했다.

"어차피 승부는 끝났고 결과는 나왔잖아요?"

"에라이, 더럽고 치사해서 사 주고 만다. 옛다, 가 봐라."

대균은 일부러 상진의 등을 슬쩍 밀었다.

펜스에 가득한 팬들에게로 밀려난 상진은 대균을 흘겨보고는 미소를 지으며 팬들을 향해 손을 내밀었다.

"오늘 와 주셔서 감사합니다."

"이상진 선수! 오늘 멋있었어요!"

"진짜 대박이에요!"

"꺄아아아악! 악수했어! 악수했다고!"

지난번보다 훨씬 많은 팬들의 숫자에 상진은 난감해하면서 악수를 해 주고 유니폼이나 공에 사인을 해 주기도 했다.

부지런하게 손을 움직이는 이상진에게서는 9이닝을 소화해 낸 피로는 찾아볼 수 없었다.

"상진아!"

"음?"

순간 아버지의 목소리가 들려오자 고개를 들어 주위를 살폈다.

아니나 다를까, 사람들의 인파에 갇혀서 손을 흔들고 있는 아버지의 모습이 눈에 들어왔다.

"아버지?"

상진은 사인을 하다가 어이없는 미소를 지으면서 중얼거렸다.

그걸 들은 맨 앞줄의 사람들은 깜짝 놀라며 뒤를 돌아보고는 소리를 지르며 손을 흔들었다.

"아! 이상진 선수 아버님이시랍니다!"

"비켜 드려요! 거기 좀 비켜 봐요!"

모세의 기적이 일어나듯 엄청난 수의 인파가 순식간에 걷혔다.

팬들의 도움 속에 가장 맨 앞줄로 나온 이상진의 아버지는 웃으면서 아들을 꼭 끌어안았다.

"고생 많았다."

'잘했다'나 '축하한다'라는 말이 아니라 고생 많았다는 말 한마디.

숱한 칭찬의 말보다 지금 아버지가 한 말이 너무나도 가슴 아프게 들려왔다.

아버지가 어루만지는 건 이상진의 전부였다.

"고생은요."

"고생 많았지. 이게 전부 네가 들인 노력의 결과 아니겠냐."

성적이 좋든, 좋지 않든 묵묵하게 자신을 응원해 주는 아버지였다.

경기장에 와서 목소리 높여 응원하며 팔불출처럼 굴어도 고난의 세월 동안 몇 안 되는 아군인 아버지였다.

이상진은 그런 아버지를 꼭 끌어안았다.

*　　　　*　　　　*

「1차전에 이어 5차전도 승리를 거둔 이상진」

「충청 호크스, 한국 시리즈 제패까지 앞으로 1승」

「호크스의 불사조는 어떻게 부활했는가」

「고난과 불운의 시절을 극복한 이상진, 한국 시리즈 MVP 예약?」

「이상진의 아버지, 두 부자가 만들어 낸 감동의 장면」

한국 시리즈 제패까지 앞으로 1승.

잠자리에 누워 그걸 생각하다 보니 상진은 왠지 잠이 오지 않았다.

그리고 잠을 이루지 못하고 있을 때 늘 찾아오는 손님이 있었다.

"뭘 그렇게 궁상을 떨고 있냐?"

"무슨 궁상이에요, 궁상은."

"너는 다른 사람들보다 한 박자 늦는 경향이 있으니까. 특히 분위기 타는 거 말이다."

영호의 말에 그만 쓴웃음을 짓고 말았다.

그 말대로 분위기에 한 박자씩 늦게 반응하는 면이 없잖아 있긴 했다.

그래서 다른 사람들보다 두근거리는 감정도 더 늦게 찾아왔다.

"그토록 염원하던 일이 바로 코앞까지 닥쳐 오니까 잠이 안 오네요."

"쯧, 그럴 거였으면 1차전 전에 그러든가. 하여튼 늦어도 한

참 늦는다."

영호는 핀잔을 주면서도 갖고 온 비닐봉지를 풀었다. 안에는 단백질 위주로 만들어진 음식들이 가득 담겨 있었다.

"양념은 없어요?"

"양념 같은 소리 한다. 이제 두 경기 남았다고 벌써 맥이 풀어지는 거냐?"

"어차피 선발로 나갈 일은 없잖아요."

"앞으로의 양상은 어떻게 될 거라고 보냐?"

상진은 별말 없이 영호가 가지고 온 음식 포장을 뜯었다.

닭 가슴살과 쇠고기를 섞어서 말린 육포를 뜯으며 상진은 작게 한숨을 쉬었다.

"현실적인 대답을 원해요? 아니면 희망적인 대답을 원해요?"

"내가 뭘 원한다고 생각하는데?"

"질문에 질문으로 대답하시기는. 어쨌든 우승에 유리한 발판을 마련한 건 사실이에요. 내일 승리한다면 굳이 7차전까지 갈 필요는 없겠죠."

"그렇게 말하는 걸 보니 7차전은 갈 거라고 생각하는 모양이네."

모레 6차전 경기에서 시리즈를 끝내 버리겠다고 기세등등한 팀 동료들에게는 미안한 일이었다.

하지만 상진은 호크스의 전력을 그만큼 객관적으로 바라보고 있었다.

"어처구니없죠? 경기장에서는 동료들에게 비아냥거리면서 여기에서는 힘없는 소리를 하니까요."

"약한 소리를 할 상대가 있는 걸 다행으로 생각해라, 자슥아."

상진은 고개를 끄덕이면서 말했다.

"고마워요, 영호 형."

"씁, 막상 들으니 겁나 닭살 돋네. 다시는 하지 마라."

"고마워서 고맙다고 해도 그러깁니까."

투덜거리면서 육포를 거칠게 뜯어 먹은 상진은 창밖을 바라봤다.

그리고 바깥에서 들려오는 고성방가에 눈살을 찌푸렸다.

"현실적으로 얘기하자면 내일은 질 가능성이 더 높다고 봐야겠어요."

"그리고 너는 7차전에 등판해서 영웅이 되고?"

"그렇게 되지 않는 편이 가장 편하겠죠."

올해 한 해 동안 상진은 투수와 타자들에게 조언을 아끼지 않았다. 하지만 그렇게 했어도 전력의 차이는 그렇게 쉽게 메워지지 않는다.

무언가를 받아들이고 이해해서 그것을 자신의 것으로 소화하는 능력은 각자 차이가 있는 법이다.

자신이 올해 한 해 동안 얻어 낸 걸 다른 사람들도 똑같이 얻어 내게 만드는 건 결코 쉬운 일이 아니다.

"어차피 7차전은 투수 전원이 대기할 거예요."

"4차전 때처럼?"

"그리고 양 팀 모두 무제한으로 투수들을 퍼부어대겠죠."

마지막 퍼즐을 꿰어 맞추기 위한 작업만이 남아 있었다.

하지만 상진은 하나 걱정하는 게 있었다.

"하지만 저는 차라리 6차전에서 저를 뺀 상태로 끝냈으면 좋겠어요."

"어째서?"

"저에 대한 의존도 때문이죠."

올 시즌은 자신의 힘 하나만으로 여기까지 왔다고 해도 됐다.

그만큼 자신이 팀에서 차지한 비율은 대체 선수 대비 기여 승수(WAR)를 봐도 알 수 있었다.

올해 자신이 기록한 WAR 수치는 15.21이었다.

다른 선수로 대체했을 때 이것보다 훨씬 적은 승수를 거두었을 거라는 의미.

"제가 선수들에게 조언을 해 주고 성장을 도와주는 건 다른 이유 때문이 아니에요."

팀에 대한 애정이 있기 때문에 가능한 일이었다.

자신이 10년 넘게 몸담고 있던 팀이 자신이 아니더라도 계속 꾸준했으면 하는 바람이었다.

"제가 메이저리그에 가서 없더라도 우리 팀은 우승에 다시 도전했으면 좋겠거든요."

*　　　*　　　*

늦가을에 다다른 날씨는 저녁만 지나도 쌀쌀했다.

야구 선수들은 어깨와 몸의 근육이 경직되면 부상의 위험이 높아지기에 더그아웃에 들어오면 잔뜩 껴입었다.

그리고 6차전은 상진의 기대와 다르게 충청 호크스의 완패로 끝나 버렸다.

"안토니가 1회부터 너무 실점을 해 버렸어."

1회에 6실점이라는 큰 상처를 입은 충청 호크스는 추격에 추격을 거듭해 8회에 8 대 6까지 추격하는 데 성공했다.

하지만 거기까지였다.

동점이 된다면 바로 마무리 정우한을 투입할 준비를 하던 한현덕 감독은 경기가 끝나고 허탈한 웃음을 터뜨렸다.

"아쉽구만. 아쉬워. 정말 아쉬워."

중얼거리면서 더그아웃을 쉽게 뜨지 못하는 건 선수단도 마찬가지였다.

죽을힘을 다해서 쫓아왔지만 동점을 만드는 데 실패했다.

"자자, 다들 뭐 그렇게 죽상이에요? 내일이 7차전이라고요."

이 와중에도 상진은 여전히 여유 있었다.

엊그제 밤에 뒤척이며 잠을 이루지 못했던 건 떨쳐 낸 지 오래였다.

단련될 대로 단련된 상진의 멘탈은 부담감 같은 건 이미 잊어버렸다.

"여기까지 왔습니다. 오늘 이기지 못했다면 내일 이기면 그만

이잖아요?”

이상진의 목소리에 축 처져 있던 선수들이 하나둘씩 고개를 들었다.

올 한 해 그들을 이끌어왔던 최고의 투수가 그들을 격려하고 있었다.

“내일 죽을힘을 다해서 싸우는 겁니다. 그리고 당당한 충청 호크스의 일원으로 팬들 앞에 웃으면서 서서 외쳐 봅시다.”

상진은 힘이 가득 담긴 목소리로 외쳤다.

“우리들이, 그리고 당신들이 20년 동안 갈망했던 우승을 가져왔다고.”

*　　　*　　　*

5차전은 이상진, 6차전은 안토니, 그리고 마지막 7차전 시작은 남아 있는 외국인 투수인 마이카였다.

올해 28경기 동안 170.6이닝을 소화하면서 체력을 자랑한 그였지만, 쌀쌀한 날씨에는 어쩔 도리가 없었다.

조금만 공격이 길게 진행되어도 차갑게 식어 버리는 어깨는 구속과 구위를 느리게 만들었다.

하지만 그건 타자들도 마찬가지였다.

“아웃!”

“젠장!”

외야 플라이로 아웃된 강남 그리즐리의 박건호는 거칠게 욕설을 내뱉었다.

강남 그리즐리의 선수들도 오늘 하루만큼은 날이 바짝 서 있었다.

그것도 그럴 것이 오늘의 승부로 우승이 결정된다.

긴장하지 않는 게 오히려 이상했다.

"마이카가 잘해 주는군요."

송신우 코치도 이마에 흐르는 식은땀을 닦아 내며 한숨을 내쉬었다.

오늘만큼 긴장되는 건 정말 오랜만이었다.

3승 3패인 만큼 오늘의 승패로 모든 게 결정 난다.

단 한순간의 실수도 용납되지 않는다.

그들은 오로지 승리해야 했다.

"선수들의 컨디션도 좋아 보여."

1차전이 시작하기 전에 보여 줬던 무력감은 이미 온데간데없이 사라졌다.

선수들의 눈에는 생기가 가득했고 우승을 향한 열망으로 불타올랐다.

'좋은 모습이야.'

준우승만 해도 만족이라는 식의 자기만족은 더 이상 없었다. 대신에 우승을 하지 못한다면 혀를 빼물고 죽어 버리겠다는 투지가 있었다.

한국 시리즈를 치르며 점차 변모하는 선수들의 모습에 만족했다.

그리고 한현덕 감독은 더그아웃 한곳에서 목소리 높여 동료들을 응원하는 이상진을 바라봤다.

'전부 저놈이 있어서겠지.'

나무랄 데 없는 완벽한 선수였다.

경기를 할 때는 물론이고, 훈련 시에도 흠잡을 곳 따윈 없었다.

누구보다 열심히 훈련하고 자기 관리를 하며 누구보다 완벽한 실력을 보여 준다.

그러면서도 선수들을 독려하기도 하고 때로는 채찍질도 하는 선수.

'메이저리그에 갈 생각만 없다면 차기 주장으로 삼고 은퇴 때까지 의지할 만한 녀석인데.'

하지만 1차전과 5차전만 봐도 한국이 좁다는 건 증명됐다.

더 이상 가둬 놓으면 내년에 볼 수 있는 건 아마 학살극이 아닐까.

"스트라이크! 타자 아웃!"

"공수 교대!"

마이카가 이닝을 끝내고 심판의 공수 교대 신호가 떨어지자 한현덕은 퍼뜩 정신을 차렸다.

마지막 7차전이라서 그런지 자신도 모르게 감정적이 된 모양이었다.

한현덕은 손으로 자신의 뺨을 짝 소리가 날 정도로 세게 치며 정신을 차렸다.

"얘들아. 장비 챙기면서 들어라."

"네, 감독님."

"경기 시작 전 미팅 때도 얘기했지만, 오늘이 마지막이라고 부담을 잔뜩 안고 있는 놈들이 있으리라 생각한다."

더그아웃에 돌아온 선수들은 전부 한현덕에게 집중했다.

"언제 다시 이렇게 짜릿한 감각을 느낄지는 모르겠지만."

한현덕 감독은 여유 있게 웃어 보이며 주먹을 쥐고 흔들었다.

"지금을 즐겨라."

* * *

양 팀 투수들과 타자들.

각각의 사정과 각자의 마음들.

그리고 한국 시리즈 7차전이라는 무시무시한 중압감을 띠고 있는 이름까지.

한국 프로야구의 모든 것이 집약되고 있었다.

—양 팀! 약속이라도 한 듯 4회에 서로 2점씩 뽑아냅니다!

—타순이 한차례 도니 서로 선발투수들에 대한 적응이 끝났나요?

4회 초에 충청 호크스가 2점을 내자, 강남 그리즐리도 4회 말에 2점을 뽑아냈다.

그리고 5회 초에 다시 1점을 내자 뒤따라오듯 5회 말에 1점을 더 뽑아냈다.

서로 약속이라도 한 듯 똑같은 점수를 내며 일진일퇴의 공방전을 계속했다.

"젠장. 이걸 뒤따라오네."

"아니! 좀 막아 보라고!"

타자들은 투수들이 동점을 허용할 때마다 분을 토해 냈고 다음 이닝에 점수를 다시 냈다.

그리고 그건 상대인 강남 그리즐리도 마찬가지였다.

"젠장!"

선발로 나온 마이카가 던진 공을 쳐 낸 김재욱은 아차 싶었다.

포심 패스트볼인 줄 알았는데, 공이 싱커성으로 휘어지면서 빗맞았다.

죽을힘을 다해 달렸지만, 1루에서 아웃당한 그는 장갑을 패대기치며 분을 토해 냈다.

그만큼 양 팀 모두 오늘 경기에 전력을 기울이고 있었다.

"제임스는 키가 큰 만큼 타점이 높아요. 그러니까 찍어 누르듯이 던지고 투구의 각도도 다른 투수들과 다르죠."

"그러면 어떻게 해야 하지? 몸 쪽으로 주로 던지는 걸 노려야 하나?"

"몸에 맞는 사사구가 많은 만큼 제임스도 오늘 같은 날에는 공을 맞히지 않기 위해서 주의할 거예요. 보세요. 오늘 기록을 보면 볼넷이나 사사구가 하나도 없잖아요."

이 와중에도 이상진은 타자들과 상대 선발로 올라온 제임스의 공략법을 이야기하고 있었다.

그 와중에 끼어서 함께 이야기를 하고 있는 타격 코치와 투수 코치를 보며 쓴웃음을 지은 한현덕 감독은 타석을 향해 사인을 보냈다.

팀은 하나가 되어야 한다고들 한다.

하지만 실제로 팀을 파헤쳐 보면 하나로 뭉쳐져 있는 팀은 없다.

언제나 주도적인 사람이 있는가 하면, 바깥에 맴도는 사람도 있다. 앞장서는 사람이 있는가 하면, 뒤로 물러서 있는 사람도 있다.

하지만 이상진은 누구 하나에게서도 시선을 떼는 법이 없었다.

"상일아! 너도 등판할 수 있으니까 미리 알아 둬야지!"

"데이터 봐 뒀어요."

"그래도 저쪽은 오늘 컨디션이 좋은지 아닌지 모르잖냐!"

선수들에게 데이터로 상대의 실력을 가늠하는 건 이제 일상이나 다름없었다.

하지만 이상진은 끊임없이 상대 타자들의 현재 상태를 관찰하고 새로운 약점을 발견하거나 보완된 점을 찾는 걸 게을리하지 않았다.

모든 선수의 귀감이 될 만한 모습이었다.

"그런데 오늘따라 강남 그리즐리의 타선이 이상하네."

한현덕 감독은 중얼거리면서 상대 팀을 훑어봤다.

마이카를 상대로 안타를 때려 내며 점수를 내고 있긴 했어도, 어딘가 모르게 심상찮았다.

"7차전이라 다들 긴장한 게 아닐까요? 사실 강남 그리즐리도 몇 년간 한국 시리즈에 꾸준히 진출하긴 했어도 7차전까지 온 건 오늘이 처음이니까요."

강남 그리즐리는 2015년부터 올해까지 5년 동안 한국 시리즈에 꾸준히 진출했다.

하지만 우승을 했을 때도, 그렇지 않을 때도 최대 6차전까지가 봤다.

팽팽한 우승 경쟁을 해 온 그들에게 있어서도 7차전은 미지의 영역이었다.

"김대영 감독님도 목이 타겠군."

과거 그리즐리에서 수석 코치로 일하며 함께했던 그리즐리의 김대영 감독을 떠올리며 쓴웃음을 지은 한현덕은 다시 지시를 내렸다.

그리고 8번 타자로 나간 포수 최재환은 번트를 대며 1루에 나가 있던 양신우를 2루로 보내는 데 성공했다.

이어져 터진 안타로 득점에 성공하며 1점을 추가하는 데 성공하자, 더그아웃에서는 환호성이 터져 나왔다.

그리고 8회가 다가왔다.

선발 마이카가 5회까지 104개의 공을 던지고 내려가자 한현덕 감독은 6회부터 7회까지 4명의 투수를 투입하며 막아 냈다.

그러자 상대도 마찬가지로 5명의 투수를 투입하며 7회까지 무실점으로 막아 냈다.

"으음."

곧 다가올 8회 초에 누구를 내보낼까 고민하던 한현덕 감독은 입술을 깨물었다.

지금은 찬밥 더운밥 가릴 때가 아니었다.

아직 이르긴 했어도 그는 불펜진 최강의 카드를 꺼내 들었다.

"우한아, 준비해 둬라."

"알겠습니다, 감독님."

8회에 마무리 투수를 투입하는 건 이례적인 일이었다.

한현덕 감독은 나이가 나이이기도 했고, 1이닝을 전력으로 던질 수 있도록 정우한을 아껴 왔었다.

하지만 오늘은 한국 시리즈 7차전.

모든 것을 쏟아부어도 모자를 판에 아낄 이유도 없었다.

—8회에 정우한 선수가 마운드에 섭니다!

—충청 호크스! 철벽의 카드를 꺼내 듭니다!

—호크스의 수호신이 예정보다 1회 먼저 등판합니다!

성급하다고 생각했어도 지금은 확실하게 틀어막는 게 중요했다.

가능하다면 2이닝을 전부 막아 줬으면 하는 바람이었다.

그리고 특급 마무리, 수호신이라고 불리는 만큼 정우한 역시 할 수 있는 최선을 다했다.

"스트라이크! 타자 아웃!"

타자 둘을 범타로 처리한 정우한은 특급 마무리라는 명성답게 무실점으로 틀어막았다.

한숨 돌린 한현덕 감독은 아직도 남아 있는 9회를 보며 식은땀을 닦았다.

"수명이 10년은 줄어들겠군."

* * *

—충청 호크스! 9회 초 함덕중을 상대로 1점을 얻어 냅니다!

—7 대 6으로 1점 리드하기 시작한 충청 호크스! 과연 9회 말을 버텨 낼 수 있을 것인가!

—8회에 이어 정우한이 경기를 마무리 짓기 위해 등판했습니다!

9회에 상대하는 건 강남 그리즐리의 상위 타선부터였다.

8회에 이어 9회에도 등판한 정우한은 온힘을 다해 던졌지만, 이미 구속과 구위가 떨어지고 있었다.

따악!

경쾌한 소리와 함께 공이 1루와 2루 사이를 관통했다.

—정우한 선수! 또다시 안타를 맞습니다! 무사 1, 2루!

—8회에 이어 9회에도 등판한 정우한 선수! 위기입니다!

"타임!"

한현덕 감독은 결국 참지 못하고 타임을 외쳤다.

송신우 코치가 투수 교체를 위한 시간을 벌기 위해 마운드로 향하는 동안 현덕은 상진을 돌아봤다.

이미 상황을 지켜보고 있던 이상진은 이미 장비를 챙기고 있었다.

그리고 망설임 없이 걸음을 옮겼다.

"상진아."

이런 상황에 이상진을 다시 투입해야 한다는 게 못내 아쉽고 미안했다.

하지만 상진은 상관없었다.

불펜으로 내려가 간단하게 몸을 풀기 직전, 상진은 계단에서 멈춰 섰다.

뒤를 살짝 돌아본 이상진의 얼굴에는 묘한 미소가 떠올라 있었다.

"감독님, 저는 이번 한국 시리즈에서 1차전에 선발로 나왔죠."

인생 처음으로 찾아온 영광의 시대.

모든 것을 걸 수 있는 최고의 무대.

"저를 팀의 에이스라고 불러 주신 것도 정말 고마웠습니다."

오늘은 자신이 더 큰 무대로 나가기 위한 발판이 되는 시간이었다.

하지만 그보다 팀이 우승을 차지한다는 게 더욱 의미 있었다.

이상진은 조용히 각오를 다졌다.

"시작도 제가 했으니 끝도 제가 마무리 짓겠습니다."

한국 시리즈 7차전.

때는 9회 말 노아웃.

"저는 에이스니까요."

올해 팀을 책임졌던 남자가 이제 모든 것을 끝내기 위해 길을 나섰다.

* * *

"미안하다. 내가 막아야 했는데."

정우한은 매우 분한 표정을 지으면서 그라운드를 돌아봤다.

아무리 잔뼈가 굵었다고 해도 이런 상황에서 너무 긴장하다 보니 실수를 하고 말았다.

게다가 한국 시리즈까지 끝없이 달려오지 않았던가.

그동안의 체력 소모도 너무 컸다.

"괜찮아요. 그러면 들어가서 좀 쉬세요. 샴페인 터뜨려야죠."

"그래. 네가 끝내 버려라, 에이스."

"맡겨만 주세요."

상진은 어깨를 으쓱하며 마운드로 올라갔다.

—이상진 선수가 9회에 등판합니다!

—5차전에 2피안타 무실점으로 완봉승을 거둔 이상진! 그가 경기를 끝내러 왔습니다!

—과연 충청 호크스의 에이스는 이번에 어떤 모습을 보여 줄 것인가!

이상진의 등장.

7차전이었고, 모든 투수들이 대기하고 있는 만큼 팬들은 이상진의 등판을 예상했다.

예상대로 그의 등판이 이루어지자 9회 말임에도 이제 막 경기를 시작한 것만큼 엄청난 함성이 터져 나왔다.

"이상진! 이상진! 호크스의 불사조! 이상진!"

"경기 끝내 버려! 이제 지겹다!"

"네가 최고다!"

3루 원정팀 응원석에서 들려오는 팬들의 외침과 반대로 1루 홈팀 응원석에서는 야유가 쏟아졌다.

"오늘에 네 제삿날이다!"

"1차전 때 빚을 갚아 주마!"

"2점만 내놓으면 용서해 주마! 이상진!"

"올해 반짝하고 내년부터는 은퇴하냐?"

그 외에 차마 입에 담을 수 없는 욕설들이 쏟아졌다.

하지만 이상진은 그런 욕설들을 들으면서도 눈썹 하나 까딱하지 않았다.

이런 욕설 정도는 아무것도 아니었다.

부상을 입고 재활을 당하던 시절에 받은 모욕과 비교한다면 애교로밖에 느껴지지 않는 수준이었다.

상진은 조용히 숨을 가다듬었다.

'길고 길었다.'

시스템을 얻고 나서는 반신반의했다.

자신이 성장하는 것에 기뻐했고 또 즐거워했다.

무엇보다 하나의 야구 선수로서 완성되어 가는 자신을 보며 만족스러워했다.

'그리고 오늘이 마지막이다.'

이상진은 글러브 안에 있는 공이 왠지 뜨겁다고 생각했다.

조용히 공의 그립을 잡고 최재환이 보내는 사인을 보며.

이상진은 힘차게 팔을 휘둘렀다.

9회 말에 올라온 이상진.

예전에는 타석에 서 있는 타자들이 오직 사냥감으로밖에 보이지 않았다.

하지만 지금은 조금 달랐다.

'마치 상처 입은 짐승들을 보는 듯한 기분이야.'

상처를 입고 궁지에 몰린 짐승들은 마지막 발악을 한다.

단지 상처 입었다고 얕잡아 보면 그대로 역습을 당할 수 있었다.

'그러니까 우한이 형이 발목을 잡혔겠지.'

아무리 정우한의 구위와 구속은 9회가 되어 떨어졌다고 해도.

강남 그리즐리가 상위 타선부터 공격을 시작했다고 해도 쉽게 칠 만한 게 아니었다.

이상진은 다시 공을 그러쥐었다.

스트라이크를 하나 집어넣긴 했어도 승부는 아직 끝나지 않았다.

따악!

"파울!"

아니나 다를까.

평소와 같았다면 헛스윙을 했을 타자들이 어떻게든 기를 쓰며 배트의 방향을 뒤틀었다.

9회에 물러선다면 우승 확률은 어디에도 존재하지 않는다.

강남 그리즐리의 타자들도 필사적이었다.

'하지만 말이야.'

집중력을 최고조로 발휘하고 있는 건 강남 그리즐리의 타자들만이 아니었다.

"스트라이크! 타자 아웃!"

"좋아!"

이상진의 집중력도 오늘 최고에 달해 있었다.

퍼펙트게임을 달성했을 때 이상으로 집중하고 있으되 더욱 즐거웠다.

그때는 승부에 집중했지만, 오늘은 경기 그 자체에 집중하고 있었다.

타자를 잡아낸다는 단순 작업을 반복하는 것이 아니라 승리를 위한 투구였다.

따악!

"파울!"

4번 타자로 올라온 김재욱은 힘차게 공을 때려 내는 순간 아차 싶었다.

마지막에 배트가 구위에 밀리는 게 손으로 느껴졌다.

황급히 1루로 뛰었지만 파울 선언이 나오자 안도의 한숨을 쉬었다.

그리고 인상을 팍 구겼다.

"이런 제기랄."

파울이 됐다는 말을 듣고 안도의 한숨을 내쉰 것이 오히려 못마땅했다.

이런 것에 안도해서는 안 된다.

이 정도로 나약해서는 안 된다.

자신은 강남 그리즐리의 4번 타자인 김재욱.

상대가 누구더라도 안타를 쳐 내고 팀의 타선을 이끌어야 하는 몸이었다.

하지만 지금 앞에 서 있는 건 단순한 투수가 아니었다.

"스트라이크!"

전례 없이 모든 걸 먹어 치우는 마운드 위의 포식자였다.

*　　　　*　　　　*

"스트라이크! 타자 아웃!"

4번 타자인 김재욱마저 잡아내고 2사 1, 2루로 만들었다.

5번으로 올라온 외국인 타자 미누엘은 얼굴을 찌푸렸다.

올 시즌 내내 이 투수의 공을 제대로 쳐 본 기억이 없었다.

기껏해 봐야 행운의 안타 하나 정도 쳤을까.

'오늘에야말로 빚을 갚아 주마!'

지금 단타를 쳐도 1점, 장타를 쳐 내면 2점을 얻을 수 있는 상황이다.

마지막 시리즈의 향방을 결정하는 영웅이 되고 싶은 욕심도 있었다.

그리고 아나운서와 해설가들도 흥분한 표정으로 지켜보고 있었다.

—미누엘 선수가 마지막 타석에 들어옵니다.

—여기에서 미누엘 선수가 하나 쳐 준다면 동점이 됩니다!

—중장거리 타자인 만큼 장타가 터지면 역전도 가능합니다!

9회 말 투아웃.

야구에서 무슨 일이 벌어질지 상상할 수 없다는 바로 그 지점이었다.

순간 미누엘은 경기장이 무척이나 조용하단 사실을 깨달았다.

홈 관중도, 원정 관중도, 외야에 있는 관중들마저 숨을 죽이고 지금의 승부를 지켜보고 있었다.

'저 괴물 같은 놈. 웃고 있어? 지금 상황을 즐기고 있는 거야?'

마운드 위의 이상진은 미소 짓고 있었다.

미누엘은 어처구니없다는 표정을 지으면서도 그의 동작 하나하나에 신경을 기울였다.

어떤 공이 오더라도 대처할 자신이 있었다.

하지만 초구를 본 순간, 그 자신감은 여지없이 무너졌다.

"스트라이크!"

사이드암으로 던진 공은 아래로 떨어지거나 옆으로 휘어지지 않았다.

사이드암으로 던진 포심 패스트볼은 오히려 위로 치솟아 올랐다.

높이 솟구치는 패스트볼에 헛스윙을 한 미누엘의 얼굴은 딱딱하게 굳었다.

"공이 치솟아?"

보통 사이드암의 투구는 날아오다가 횡으로 휘어지는 경우가 많았다.

게다가 자존심이 상했다.

사이드암으로 던지는 투수들은 반대 손 타자들에게 약하다는 게 정론이었다.

공이 바깥에서부터 궤적을 날아오는 것처럼 보이기에 공략하기가 쉽기 때문이다.

그런데 지금 이상진의 공은 그걸 완벽하게 뒤집어 놓고 있었다.

'초구가 사이드암으로 왔다. 그렇다면 두 번째는 다른 투구폼을 쓰겠지.'

데이터상으로 같은 폼을 연속으로 사용하는 경우는 많이 없었다.

같은 투구폼으로 연속해서 던질 때는 드물었다.

미누엘은 전광판에 떠오른 초록색 불빛을 보며 입술을 깨물고 배트를 움켜쥐었다.

"파울!"

2구째도 또 사이드암이었다.

휘두르던 배트를 급히 움직여 포수 뒤로 넘어가는 파울이 만들어졌다.

스트라이크나 파울이나 크게 다르진 않았어도 미누엘의 얼굴은 여전히 진지했다.

"볼!"

세 번째로 혹시 유인구가 오지 않을까 했더니 역시나였다.

이상진의 패턴에 대해서는 강남 그리즐리도 다른 팀 못지않게 연구했었다.

그래서 여기까지는 대처할 수 있었다.

하지만 다음 수를 도무지 읽을 수가 없었다.

'어떻게 나올 거냐?'

미누엘은 투 스트라이크 원 볼까지도 갈피를 잡지 못했다.

그래도 어떻게든 쳐 보겠다고 이를 갈면서 이상진을 노려봤다.

그리고 이상진도 입가에 묘한 미소를 띠며 미누엘을 마주 봤다.

'이제 하나로 끝난다.'

길고 길었다.

2009년에 데뷔하고 올해까지 11년.

그리고 시스템을 얻고서 이제 1년.

모든 것은 이번에 던지는 공 하나로 결정된다.

[〈먹을 때는 개도 안 건드린다〉 스킬을 발동합니다.]

그 누구도 칠 수 없는 언터처블의 공을 던지며 이상진은 승부를 결정지었다.

스트라이크존을 통과하며 날렵하게 배트를 피한 공이 포수 미트에 꽂히는 순간.

더그아웃에 있던 충청 호크스의 선수들은 누가 먼저랄 것도 없이 뛰쳐나왔다.

"우와아아아아아!"

"우승이다!"

"우리가 우승했어!"

—충청 호크스의 에이스가 경기를 마무리 짓습니다!

—이렇게 시리즈가 끝납니다! 올 시즌 충청 호크스가 2019년 가을! 자신들이 써 내려간 기적 같은 이야기의 마침표를 찍습니다!

—경기 끝납니다! 7차전까지 가는 혈투 끝에 충청 호크스가 21세기 첫 우승을 차지합니다!

—1999년 이후 20년 만에 차지하는 우승입니다! 길고 길었던 암흑기 이후 첫 가을 야구와 첫 우승입니다!

아나운서와 해설자, 그리고 팬들과 선수들까지 너 나 할 것 없이 환호하는 가운데 이상진은 동료들의 헹가래를 받으며 만세를 불렀다.

*　　　*　　　*

「충청 호크스, 불가능을 가능으로 만들다」

「한국 시리즈 MVP는 모두가 아는 바로 그 사람, 이상진」

「이상진은 어떻게 위대한 우승 투수가 되었는가」

「와일드카드부터 한국 시리즈까지, 이상진은 무엇을 했는가」

「메이저리그 진출은 현실화되나」

지칠 대로 지친 선수들이었지만, 축하는 끊이지 않았다.

선수들은 한현덕 감독을 비롯한 코칭스태프의 머리 위로 샴페인을 뿌리거나 이어서 헹가래를 쳤다.

그리고 원정 관중석에서 끝까지 응원해 준 팬들을 향해 큰절까지 하며 20년 동안 묵힌 우승의 한을 풀어낸 것을 자축했다.

"으하하하! 우리는 해냈다!"

상대 팀의 홈구장을 자신들의 잔칫상으로 만들어 버린 충청 호크스는 이어서 김성연 회장의 열렬한 축하를 받았다.

그는 대전에서 열린 5차전에 이어 서울에서 열린 7차전까지 직관하러 왔다.

그리고 아슬아슬하게 우승하는 드라마 같은 장면을 직접 목격하는 행운을 얻었다.

"아아, 충청 호크스 선수단 여러분, 단장 박종현입니다."

송파 구장에서 자축하던 게 어느 정도 끝나자 단장은 선수들을 불러 모았다.

박종현의 목소리도 살짝 떨리고 있었다.

그럴 것이 박종현도 이번에 우승하리라고 전혀 상상하지 않았었다.

그래서 뒤늦게 찾아온 우승의 감격에 목이 메어 왔다.

"회장님께서 전언을 보내오셨습니다."

대기업의 총수가 보낸 전언이라는 말에 선수단은 일제히 조용해졌다.

박종현 단장은 뭔가 감격스러워하면서도 동시에 웃음을 참는 모습이었다.

"이번에 회장님께서 우승을 한 충청 호크스 선수단에게 하나의 미션을 주셨습니다."

"미션요?"

금일봉이나 혹은 보너스를 기대했던 선수단은 맥 빠진다는 표정을 지었다.

하지만 다음 순간 뒤에 펼쳐진 현수막을 보고 폭소했다.

ㅡ특명, 이상진의 배를 채워라

"푸하하핫! 저게 뭐야!"

"저게 미션이야? 하하!"

"이상진! 아이고, 상진아! 늘 배가 고파서 어쨌냐? 푸흡!"

이상진은 어처구니없다는 표정으로 현수막을 바라보다가 뒤늦게 웃음을 터뜨렸다.

*　　　*　　　*

김성연 회장이 선수단에게 준 건 미션이자 축하 파티였다.

경기가 승리로 끝나자마자 연락해 놓은 고급 소고기집에서 파티가 열렸다.

"먹고 죽자!"

선수들은 기세 좋게 소고기를 구워 먹기 시작했다.

며칠은 굶은 듯한 그들의 모습에 고깃집 사장님은 다른 가게에서 고기를 공수해 올 정도로 고기를 수급해 와야 했다.

그리고 시간이 지나자 선수들은 세 부류로 나뉘어졌다.

첫째로는 일찌감치 먹다가 지쳐 나가떨어져 음료수를 홀짝거리거나 다른 선수들의 고기를 구워 주는 무리.

둘째로는 이제 고기는 먹을 만큼 먹었으니 술을 마시거나 이야기에 집중하는 부류

마지막으로 아직도 먹는 사람들이었다.

그리고 첫째와 둘째 무리는 아직 먹는 사람들을 주목했다.

"미쳤네, 미쳤어."

"저게 아직도 들어가?"

우승을 하고 밤 늦게부터 시작한 회식이었다.

이제 새벽 3시를 넘어서는데 아직 먹고 있다는 게 신기할 지경이었다.

그들의 선두에는 이상진이 있었다.

바로 앞에서 정은일과 박상일이 열심히 구워 주는 걸 쉬지 않고 입 안에 넣고 있었다.

"사장님은 또 어딜 가신대?"

"고기 더 가지러 옆집 가신다는데요?"

"하이고, 다들 퇴근도 못 하시네."

"그나저나 저게 사람이냐?"

그러다가 김대균은 문 앞에 붙어 있는 문구를 보고 웃음을 터뜨렸다.

사장님은 이미 선수단 회식 다음 날을 임시 휴일로 못박아 놓고 있었다.

"차돌박이 끝이랍니다!"

종류별로 준비되어 있던 고기들이 하나둘씩 바닥을 드러내기 시작했다.

옆집 고기마저도 털어 버리고 있는 이상진의 가공할 위력에 선수들은 멍하니 구경만 했다.

"어떻게 불판 세 개가 버티질 못하냐."

박상일이 굽는 불판 하나, 정은일이 굽는 불판 하나.

그리고 이상진이 먹으면서 직접 굽는 불판이 하나였다.

셋을 풀가동하면서 먹는데도 속도는 4시간째 변함이 없었다.

어느덧 새벽 3시를 지나 5시까지 다다르고 있었다.

심지어 고깃집 사장님이 중간 중간 만들어서 내놓은 육회마저 동이 났다.

"남은 고기는?"

"이제 대략 50인분 정도 남았답니다."

어느덧 7차전까지 죽을힘을 다해 달려온 선수들은 꾸벅꾸벅 졸기 시작했다.

한현덕 감독은 질린다는 표정으로 졸기 시작한 선수들을 숙소로 하나둘씩 돌려보냈다.

"우둔살 끝!"

"살치살도 없어요!"

미리 숙성시켜 놨던 소갈비도 이미 사라진 지 오래됐고 소혀마저도 끝장났다.

야구에 대해서는 잘 몰랐던 고깃집 사장님은 은근슬쩍 한현덕 감독에게 물어봤다.

"저 사람, 혹시 푸드 파이터입니까?"

"푸헉!"

마시던 맥주를 뿜어낸 한현덕 감독은 쓴웃음을 지으며 흘린 맥주를 닦았다.

"그렇지는 않습니다. 그냥 야구 선수죠."

그러면서도 문득 이상진을 그냥 야구 선수라고 부를 수 있나 고민까지 했다.

이제는 너무 거대해진 후배이자 현재 팀의 에이스를 보며 한현덕은 술잔을 다시 들어 올렸다.

"야, 저놈한테 고기 말고 술도 좀 먹여!"

"그러고 보니 저놈 고기만 먹잖아!"

그리고 회식 마지막 양상이 뒤바뀌었다.

* * *

"어으으."

"이거나 먹어라."

어젯밤 끝없이 술을 달리고 지쳐 쓰러진 상진이 눈을 뜬 건 서울에 있는 숙소에서였다.

누군가가 내미는 물을 마시자 단맛이 입안에 확 돌았다.

꿀물을 마시고 정신을 차리자 눈앞에 있는 게 누구인지 그제야 확인할 수 있었다.

"영호 형?"

"그럼 누구겠냐."

"어떻게 들어왔어요?"

"현관문을 따고 들어왔지. 어차피 나는 관계자잖냐?"

자신의 매니저인 영호가 선수단 숙소에 출입하지 못할 리 없었다.

주위를 둘러보니 엉망진창으로 자고 있는 선수들이 눈에 들어왔다.

"어떻게 된 거예요?"

"이놈이 아직도 잠이 덜 깼나. 어젯밤에 우승했다고 회식하면서 미친 듯이 먹고 마시고 뻗은 거 아니냐. 푸핫! 얼굴 좀 치워라."

그러고 보니 어렴풋이 기억이 되살아났다.

우리들의 우승에 기뻐한 김성연 회장의 축전과 더불어 무제한 회식이 벌어졌다.

우선 다른 사람들의 잠을 방해하지 않으려고 자리에서 일어나 밖으로 나왔다.

그리고 그곳에 널브러진 현수막이 보였다.

ㅡ특명, 이상진의 배를 채워라

"하여튼 이벤트를 해도."

그래도 만족스러운 이벤트이긴 했다.

세계로 가는 입구
VICTORY

어제 정말 미친 듯이 먹었었다.

경기가 끝나고 밤 11시부터 아침 7시까지 오로지 먹기만 한 이상진은 결국 고깃집의 냉장고를 비우는 쾌거를 이룩했다.

술을 마시면서도 멈추지 않고 먹어 대는 이상진을 보던 사람들은 결국 고개를 절레절레 흔들며 포기했다.

그리고 결국 술에 취한 이상진은 필름이 끊겨 부축을 받으며 숙소에 오게 됐다.

"지금 몇 시예요?"

"푸흐흡. 몇 시 같냐?"

"젠장. 질문에 질문으로 대답하지 마세요. 그리고 왜 자꾸 실실거리면서 웃어요?"

궁시렁거리면서 상진은 주위에 흩어져 있는 스마트폰을 아무거나 집어 들고 시간을 확인했다.

[오후 3시 17분]

아침에 들어와서 누가 오는 줄도 모르고 퍼 잤다.

다른 선수들도 전부 먹다 지쳐 쓰러진 걸 보면, 오히려 자신의 상태가 더 좋아 보였다.

"오질나게 잤네."

"푸, 푸흡. 내가 여기 온 게 11시쯤이었지. 정말 죽을 둥 살 둥 자더라."

그때 문득 스마트폰의 화면에 묘한 무언가가 보인 듯했다.

다른 사람의 폰이었기에 상진은 이맛살을 찌푸리면서 화장실로 달려갔다.

그리고 곧 화장실에서는 비명 소리가 울려 퍼졌다.

"어떤 자식이 내 얼굴에 낙서를 했어!"

그 시간, 오전 11시에 와서 상진의 얼굴에 흔적을 남긴 범인은 아무도 모르게 숙소 아래층으로 내려가고 있었다.

* * *

대전으로 내려온 선수단이 마무리 훈련 전에 해산하고, 상진은 부모님을 뵙기 위해 집으로 향했다.

그런데 집 근처에 오자마자 상진은 어디서 많이 본 얼굴이 현수막에 걸려 있는 걸 보고 발걸음을 멈췄다.

"하아아. 그냥 돌아갈까."

왠지 얼굴이 화끈거렸다.

현수막에 걸려 있는 건 다름 아닌 자신의 얼굴이었다.

'한국 시리즈 1차전 퍼펙트게임을 달성한 이상진'이라고 큼지막한 글씨가 박혀 있는 현수막을 올려다보던 상진은 머리를 움켜쥐었다.

"이게 우리 아들이라니까! 으하하하!"

익숙한 목소리마저 들려왔다.

제발 환청이었으면 좋겠다고 생각하면서 고개를 돌렸을 때, 낯익은 얼굴이 있었다.

자신과 닮았으면서도 훨씬 더 나이를 먹은 듯한 인상.

아마 상진이 나이를 먹어 은퇴를 하면 저런 얼굴이 되지 않을까.

"아버지, 그만하세요."

"오오! 우리 아들 왔구나! 이걸 봐라. 동네 사람들이 네 우승을 축하하면서 만든 현수막이란다."

아버지가 아니라 동네 사람들이 만들었다는 소리인가.

그리고 상진의 아버지는 망설임 없이 아들을 끌어안고 큰 소리로 웃어 댔다.

소란스러움에 동네 사람들은 너 나 할 것 없이 상진을 보려고 나왔다.

"아이고. 야구 잘하는 아들 왔나 보네."

"한국에서 제일 잘하는 아들이지! 와하하하!"

"당신 좀 그만하고 집에 들어와요!"

팔불출 아버지는 어머니에게 끌려가면서도 여전히 호탕한 웃음을 터뜨렸다.

상진은 얼굴을 감싸 쥐면서 한숨을 내쉬며 동네 이웃사촌들에게 인사를 했다.

"텔레비전에 나온 형이다!"

"활약하는 거 잘 봤다. 네가 최고다!"

"하하, 감사합니다."

동네의 자랑이라느니, 한국 야구의 자존심이라느니.

주위에서 쏟아지는 칭찬과 환호에 상진은 쓴웃음을 지으며 연신 악수를 하고 인사를 했다.

집 안에 들어서자 어머니가 아버지 등짝에 힘찬 스매싱을 하는 모습이 들어왔다.

"이 양반이 진짜 동네 부끄러운 줄 모르고!"

"왜 그래? 동네 사람들이 현수막까지 해 줬는데."

"그거야 당신이 하루가 멀다 하고 시끄럽게 구니까 좀 조용히 하란 의미에서 걸어 준 거 아니냐고요!"

그런 의미에서였나.

상진은 쓴웃음을 지으면서 짐을 옆에 내려놨다.

이번에 한국 시리즈를 위해서 서울에 갔을 때 사 놓은 물건들이었다.

"홍삼하고 건강식품 몇 가지 사 왔어요."

"으이구, 이런 건 너나 먹지."

"약물 파동 때문에 이런 것도 잘 못 먹어요. 그냥 구단에서 확인해 준 영양제 먹는 게 낫죠."

지난번 도핑 테스트 파동 이후로 이상진은 먹는 영양제나 약품은 전부 구단의 체크를 거친 것만 먹었다.

금지 약물을 먹고 선수 생활이 끝장나지 않기 위해서였다.

물론 처음부터 그러긴 했지만, 이제는 병원에서 타오는 가벼운 약조차 의사와 구단에게 문의한 후에야 처방을 받았었다.

"그래그래. 당신은 아들이 몸 좀 챙겨 주겠다고 사 왔으면 그냥 받지, 뭘 그래요."

어머니의 면박에 아버지는 허허 웃으면서 뒷머리를 긁었다.

10년 전, 20년 전하고 비교해도 전혀 바뀐 것이 없었다.

한결같은 부모님의 모습에 상진은 슬쩍 미소를 지었다.

"이제는 쉬는 거냐? 마무리 훈련 해야 하나?"

"그것도 있는데 저는 일정이 좀 달라서요."

"다르다니?"

그때 아버지가 '아' 하고 탄성을 내뱉었고 상진의 미소는 더욱 짙어졌다.

상대적으로 아버지보다 야구 소식에 어두운 어머니만이 어리둥절한 얼굴이었다.

"어머니."

"어어, 대체 무슨 일이길래?"

상진은 우선 운을 띄웠다.

"내일 다시 서울로 가 봐야 합니다."

*　　　　*　　　　*

한국 시리즈가 끝났다는 건 시즌이 끝났다는 걸 의미한다.

하지만 아직 몇몇 야구 선수들에게 올해의 경기는 끝나지 않았다.

"뭐 하냐?"

"데이터 보고 있어요."

"하여튼 오늘도 열심히 한다."

영호는 옷걸이에 외투를 걸면서 투덜거렸다.

상진은 그런 영호를 흘끔 보고는 다시 영상으로 시선을 돌렸다.

"구단에서 옵션 가지고 말이 길어지던데요."

"그거야 내가 알아서 할 일이지. 어차피 옵션이 하도 디테일해서 내가 손댈 부분이 없던데?"

삼진과 자책점을 비롯해서 소화 이닝까지.

걸어 놓았던 웬만한 조건들은 전부 달성했다.

다만 승리와 홀드, 세이브의 합산에서는 선발로 주로 뛰었던 덕분에 예상 수치보다는 조금 적었다.

그래서 전부 합쳐서 35억이 넘는 거금이었다.

"전부 받아 놓을 테니 걱정하지 마라."

"누가 걱정한대요?"

널찍한 호텔 한가운데에 노트북을 놓고 끊임없이 바라보고 있는 상진은 평소와 마찬가지로 집중하고 있었다.

"어때?"

"영상만 봐서는 자세히 모르겠네요. 그래도 고마워요."

"그 정도로 뭘 고맙다고."

"그래도 이 정도 정보량이면 도움이 되니까요."

"그거보다 더 많은 양을 전력분석팀이 알아서 마련해 줄 테니까 고마워하지 마라. 닭살 돋는다."

언제나와 똑같이 퉁명스럽게 대꾸하면서도 영호는 챙겨 온 음식들을 풀어놓았다.

마침 먹던 육포가 바닥났던 상진은 반가워하며 영호가 사 온 보쌈을 입에 넣었다.

"역시 영호 형 센스는 알아줘야 한다니까."

"됐고. 이제 슬슬 나가야 할 시간인 건 알지?"

"알아요. 그리고 짐은 미리 챙겨 둬서 트렁크에 넣어 놨어요."

한국 시리즈에 참가한 충청 호크스의 선수들은 마무리 훈련을 하고 선수단 해산을 준비하러 다시 대전으로 향했다.

자신만이 홀로 서울에 남았다.

"긴장은 안 되냐?"

"여기나 거기나 다 사람 사는 곳이고 야구하는 곳인데요. 다만 시험해 보고 싶은 마음은 가득해요."

상진은 보고 있던 노트북도 트렁크 안에 집어넣고 자리에서 일어났다.

영호는 트렁크 안에 있는 한국 시리즈 MVP 상패를 보고는 피식 웃고 앞장서서 나왔다.

호텔에 체크아웃을 하고 이상진을 조수석에 태운 영호는 씩 웃었다.

"이제 세계로 가는 건데, 진짜 긴장 안 되냐?"

세계로 가는 길.

이제 11월 2일부터 국제대회인 WBSC 프리미어 12가 열린다.

"제가 누굽니까? 한국의 에이스잖아요?"

"말이야 잘한다. 우물 안 개구리라는 말도 있잖냐."

"개구리는 개구리인데, 내가 소문난 황소개구리입니다."

그리고 이상진은 여전히 자신만만했다.

* * *

한국 시리즈 때문에 정신이 없긴 했지만, 국제대회인 프리미어 12에 출전할 선수 최종 명단은 포스트시즌 직전에 나왔었다.

충청 호크스에는 단 하나.

이상진만이 뽑혔다.

"안녕하십니까, 김경달 감독님."

"어어, 이상진이. 이제 왔나?"

감독실에 들어간 이상진이 인사하자 살짝 경상도 사투리처럼 들리는 목소리가 화답했다.

그리고 국가대표팀 김경달 감독은 자리에서 일어나 이상진의 손을 붙잡았다.

"피곤할 텐데 오느라 수고 많았네."

"뭐, 대전이나 서울이나 거기에서 거기인데요. 그런데 오늘 평가전에 나갑니까?"

국가대표팀은 강남 그리즐리에 속한 선수와 이상진을 제외한 다른 선수들로 이미 두 차례의 평가전을 치렀다.

그리고 11월 2일인 오늘 마지막 평가전이 있었다.

"자네가 그럴 필요는 없네. 우선 체력을 회복하는 데 집중하면 되겠지."

"알겠습니다."

"그래도 더그아웃에 들어가서 다른 선수들과 어울리는 시간은 가져야겠지. 최일원 코치, 이상진을 데려가서 유니폼하고 장비를 챙겨 줘."

투수 코치인 최일원을 따라 나온 상진은 바로 사이즈에 맞는 유니폼을 제공받았다.

그 외에 보호대나 장비는 웬만해선 이상진이 주로 사용하던 것들이 있어서 그걸 사용하기로 했다.

"그런데 감독님이 생각보다 얼굴이 밝으신 것 같네요."

상진은 자신을 안내해 주는 최일원 코치에게 넌지시 말했다.

일원은 무슨 말이냐는 표정을 지었다.

"그렇게 보이나?"

"네. 아닌가요?"

"얼굴이 밝으시다기보다는 네가 와서 그런 게 아닐까 싶은데."

"제가 와서요?"

자신이 와서 김경달 감독의 표정이 밝아졌다는 말이 쉬이 이해가 되지 않았다.

"그야 우리나라 투수들 중에 가장 계산 가능한 투수가 바로 너니까."

"너무 과대평가를 해 주시니 부끄럽네요."

"아니야, 아니야. 설마하니 한국 야구에서 15명밖에 달성하지 못한 노히트노런을 달성하고 역대 최초의 퍼펙트게임을 달성한 선수에게 과대평가라니. 오히려 너를 너무 과소평가하는 거 아닌가?"

그저 쓴웃음을 지을 뿐이었다.

올해 내내 이런 칭찬을 많이 듣기는 했어도 아직 익숙해지지 않았다.

고작 1년 만에 익숙해지라는 게 오히려 이상한 일이긴 했다.

"그래. 대체 비결이 뭔가? 대체 한현덕 감독은 뭘 어쨌길래 자네 같은 투수를 만들어 낸 건가?"

"뭐, 비결이랄 게 있나요. 많이 먹고 많이 자는 것뿐이죠."

예전 같았으면 다들 코웃음 치면서 농담으로 넘어갔겠지만, 이제는 좀 달랐다.

최일원 코치는 눈을 빛내면서 다시 물었다.

"정말 그건가? 특별히 먹는 건 없나?"

"딱히 없네요. 설마 약이라고 했을까 봐 그러시나요?"

"도핑 테스트에서 무죄가 나왔는데 내가 그러겠나. 다만 영양식 같은 거라도 먹지 않나 궁금해서 그러네."

"후후. 그러면 대표 팀에서 지켜보시면 되겠네요."

유니폼을 갈아입고 훈련장으로 나오자 오늘 평가전에 출전하는 선수들이 몸을 풀고 있었다.

그리고 저 건너편에 있는 건 푸에르토리코 선수들이었다.

국제대회인 프리미어 12가 아니었다면 아마 그런 나라가 있는지도 몰랐을, 그런 나라의 선수들이었다.

"이야, 왔네?"

미리 와 있던 선발 멤버들이 이상진을 반겼다.

그리고 홈이 서울이라 오늘 오전에 합류한 강남 그리즐리의 선수들도 쓴웃음을 지으면서 이상진을 반겼다.

"조금 늦었습니다."

국가대표팀 주장으로 임명된 김연수도 쓴웃음을 지었다.

적으로 만났을 때는 이만큼 막막한 투수도 없다.

왠지 모를 든든함을 느끼면서 연수는 악수를 했다.

"이 정도야 늦은 것도 아니지. 오늘 경기는 어떻게 하기로 했나?"

"더그아웃에 들어가기는 하는데 출전시키지는 않으신다네요."

"한국 시리즈를 7차전이나 했고, 끝난 지 이제 이틀 됐으니 당연한 거겠지. 오늘 선발이 누구인지는 알고 있지?"

상진은 웃으면서 시선을 돌렸다.

저쪽에서 언더핸드 자세로 공을 던지며 몸 상태를 점검하고 있는 투수가 있었다.

나이는 자신보다 한 살 아래.

인천 드래곤즈의 박정훈이었다.

*　　　　*　　　　*

푸에르토리코는 쿠바와 도미니카 공화국과 함께 카리브해에 위치한 섬나라다.

그리고 상당한 수의 메이저리거를 배출한 나라이기도 했다.

하지만 이번 WBSC 프리미어 12 대회에 메이저리그 사무국이 메이저리거들의 참가를 불허했다.

그래서 아쉽게도 보유하고 있는 메이저리거들을 출전시키지 못하게 됐다.

"그래도 얕볼 수 없지."

"어제는 이겼다면서요?"

"그렇긴 한데."

김연수는 어제 경기했던 푸에르토리코 야구 대표 팀을 흘끔 바라봤다.

아직 날씨에 적응하지 못했어도 돔구장에서 그들은 맹렬히 연습에 연습을 거듭하고 있었다.

그걸 보면서 상진도 고개를 끄덕였다.

"투지 하나만큼은 메이저리거 못지않네요."

"어제 우리가 무실점을 해냈다고 해도 만만치 않은 전력이었어."

어제 선발로 나온 페르난도 크루스는 마이너리그에서 뛰었고, 지금은 자국 리그에서 뛰고 있다.

성적은 12경기 5승 2패 평균 자책점 2.81이었다.

그런 크루스에게 한국 타자들은 2이닝 동안 단 한 개의 안타도 뽑아내지 못했다.

"그리고 저쪽도 전력을 다한 건 아니었으니까."

이쪽이 비어 있는 전력들을 시험하고 경기 감각이 떨어진 선수들의 컨디션을 끌어 올리기 위해서 선수를 운용했다면, 저쪽도 비슷했다.

"애초에 평가전에서 의미를 가지는 건 말도 안 되는 소리니까요."

"그러니까 강현이도 출전 안 하고 있지."

플레이오프를 끝내고 합류한 김강현도 컨디션을 조절하며 평가전에 출전하지 않았다.

출전하는 건 가을 야구를 하지 못한 팀의 선수들이 대부분이었다.

"그러면 편안하게 감상해 볼까요?"

"어디 한번 해봐라."

김연수는 웃으면서 얄밉지만 든든한 아군의 등을 툭 쳤다.

*　　*　　*

박정훈을 선발로 내세워 치른 푸에르토리코 대표 팀과의 두 번째 평가전은 5 대 0으로 승리를 거두었다.

이걸로 상무 피닉스와 치른 평가전까지 총 3번의 평가전이 끝났다.

더그아웃에서 경기를 지켜보던 상진의 얼굴은 살짝 굳어 있었다.

하지만 다른 선수들은 희희낙락하면서 농담을 주고받고 있었다.

'생각보다 심각하다.'

동기가 부여되지 않았다.

애초에 군대와 관련된 혜택이 없는 만큼 동기 부여가 쉽지 않은 것도 있었다.

2020년에 열리는 도쿄 올림픽 본선으로 직행할 수 있다는 것도 그다지 의미는 없었다.

"우리가 설마 못 가겠냐?"

국가대표팀 선수들의 머릿속은 이런 생각들로 가득 차 있었다.

그들은 도쿄 올림픽 본선은 물론 이미 금메달을 차지한 것 같이 생각하고 있었다.

'경기 감각이 떨어진 것도 떨어진 거지만 무엇보다 정신 상태가 이미 해이해져 있어.'

애초에 시즌이 끝난 후였다.

해이해지지 않을 리가 없는 시기였다.

게다가 프리미어 12는 메이저리거들도 참가하지 않기에 국내 선수들은 크게 위협적으로 생각하지 않았다.

"표정이 좋지 않구나."

"감독님?"

김경달 감독은 얼굴에 후덕한 미소를 띠고는 이내 지웠다.

"왜 그런 얼굴인지는 알겠다. 마음에 들지 않는 거지?"

이미 원하는 걸 손에 넣은 듯이 행동하고 있었다.

한국 시리즈가 시작되기 전에 충청 호크스의 동료들이 보여줬던 표정과 비슷했다.

하지만 본질은 심각했다.

"투쟁심이 보이질 않네요."

"네 말이 맞다. 그리고 투쟁심을 끌어올리는 건 내 책임이겠지."

이상진은 아무 말도 하지 않았다.

여기에서 선불리 나서는 건 감독이나 코칭스태프에 대한 예의가 아니다.

게다가 팀원들도 자신과 10여 년을 함께해 온 충청 호크스의 선수들이 아니라, 다른 팀에서 활동하다가 이제야 합류했다.

선불리 나설 일은 아니었다.

물론 그렇다고 해서 참는다는 건 아니었다.

"어쩌면 네 역할이 필요할지도 모르겠구나."

"필요할까요?"

"앞으로의 경기를 보면 일본이나 미국, 대만 정도가 관건이겠지. 하지만 복병은 언제든지 있는 법이란다."

노감독은 후덕한 미소를 지으면서 이상진의 어깨를 두드려 주었다.

포수 출신이었던 경력답게 나이를 먹어도 김경달 감독의 손에는 힘이 가득했다.

순간 휘청거리는 몸을 바로잡으면서 상진은 미소를 지었다.

* * *

프리미어 12에서 한국은 쿠바, 호주, 캐나다와 C조에 포함되었다.

이상진을 비롯한 몇몇 선수들은 한국 시리즈를 거치고 왔기에 체력 안배를 위해 출전이 제한되었다.

하지만 그럼에도 스카우터들의 움직임은 활발했다.

"대부분은 김강현을 보러 온 거겠지?"

"그래도 널 보러 온 사람들도 있지 않겠냐."

일찌감치 메이저리그 진출에 대한 열망을 드러냈던 김강현을 관찰하러 온 스카우터들이 간간이 눈에 띄었다.

그들은 오늘 경기를 갖는 호주와 한국 선수들을 유심히 관찰했다.

그중에서도 가장 관심을 받는 건 김강현과 양헌종.

그리고 이상진이었다.

“낯익은 스카우터들도 있네요.”

상진은 스카우터들 사이에 있는 정민우의 얼굴을 확인하고 쓴웃음을 짓고 말았다.

회복 훈련과 더불어 오늘 할 훈련은 모두 마친 상진은 육포 하나를 씹으며 민우에게 다가갔다.

“안녕하세요. 단장 되신 걸 축하드립니다.”

“이런이런. 아직 공표되지도 않은 건데 어떻게 알았어?”

정민우는 이번에 임기가 끝나고 물러나는 박종현 단장의 후임으로 충청 호크스의 단장이 되었다.

아직 언론에 정식 발표는 나지 않았지만, 서로 계약 조율이 끝나고 도장 찍는 일만 남은 만큼 기정사실이나 다름없었다.

“감독님께서 귀띔해 주셨죠.”

“현덕이 형님도 입이 가벼우시다니까.”

과거 충청 호크스의 영구결번 세 명 중 하나인 정민우는 멋쩍게 웃으면서 상진과 악수를 했다.

“이번에 메이저리그 진출을 노린다고 했지?”

“예. 여러모로 잘 부탁드립니다.”

“후배 투수가 잘되겠다고 나가려는데, 내가 막을 이유가 있나. 그런데 조금 불안한 부분은 있어.”

이상진은 올해 시즌이 끝나자마자 메이저리그 진출을 선언했다.

미리 이야기를 해 두고 때를 기다렸던 김강현 같은 투수와 비교한다면 메이저리그의 관심도도 적었다.

"어떤 점이 부족한지는 알고 있습니다."

"그래도 해 보고 싶다는 거군."

"500만 달러 정도의 계약이라면 얼마든지 해 보고 싶은 마음이 들죠."

"몇 년인지는 상관없고?"

"그것도 길면 길수록 좋죠."

민우는 후배의 어깨를 두드렸다.

돈은 얼마가 되든 상관없다는 마음가짐이 마음에 들었다.

자신이 아는 선수들 중에는 돈을 어느 정도 벌자 해이해져 도전을 멈춘 자들이 너무나도 많았다.

돈이나 명예에 취하지 않고 최고의 자리를 목표로 움직이는 사람은 극히 소수에 불과했다.

지금 눈앞에 있는 후배 투수는 메이저리그 진출 이외에 아무것도 보고 있지 않았다.

"나도 미국통이니 어느 정도 연줄을 이용해 주마. 그래도 크게 기대하지 않는 게 좋아."

미국통인 만큼 정보에 더욱 민감했다.

메이저리그의 스카우터들은 이상진에게 관심을 갖고 있긴 했어도, 영입 순위만 따진다면 후순위로 두고 있었다.

여태까지 계속 관찰해 오고 조사해 온 선수들이 더 우선순위였다.

그런 만큼 이상진이 많은 돈을 받을 거라 생각하기 어려웠다.

"정 안 되면 1년 더 버티죠."

"1년 뒤는 또 상황이 다를지도 모르는데?"

"지금 가면 좋겠지만, 아무래도 단장님 말씀대로 쇼케이스가 부족한 것도 맞으니까요."

"그래서 이번 대회를 쇼케이스로 삼으려고?"

이상진은 아무 말 없이 씩 웃을 뿐이었다.

* * *

프리미어 12 대회는 순조롭게 흘러갔다.

경기는 강동 챔피언스의 홈이자 한국 유일의 돔 구장인 챔피언스 파크에서 벌어졌다.

3번의 경기에서 한국은 쿠바, 호주, 캐나다를 상대로 여유롭게 승리를 챙겼다.

예상했던 만큼 손쉬운 승리였다.

"순조롭습니다. 조별 예선을 3전 전승으로 통과했고, 선수들의 사기도 드높습니다."

김경달 감독은 경기 결과와 기록지를 살펴보며 고개를 끄덕였다.

2위인 호주와 함께 올라온 슈퍼 라운드의 다른 국가들의 면면은 화려했다.

그중에서는 만만한 나라가 하나도 없었다.

“미국과 일본이 우승의 걸림돌이라고 생각합니다. 다크호스로는 대만 정도일까요. 호주는 이미 이긴 만큼 조별 경기에서 치른 경기 결과로 갈음되니 신경 쓰지 않아도 될 겁니다.”

김경달 감독은 낮게 한숨을 쉬었다.

순조롭다는 건 좋은 징조지만, 말하자면 언제 어디에서 일격을 맞을지 모른다는 뜻이기도 했다.

그리고 그가 가장 경계하는 팀은 일본이나 미국이 아닌 대만이었다.

‘데이터가 너무 적어.’

작년 아시안게임 당시에도 패했던 만큼 데이터가 더 필요했다.

하지만 전력분석팀은 물론이고 코치들마저도 미국이나 일본을 신경 쓰면 썼지, 대만은 아랑곳하지 않고 있었다.

물론 절대적인 전력으로 따지면 그 나라들이 위협적인 건 사실이었다.

‘그래도 다크호스라는 건 그만큼 경계해야 한다는 뜻인데.’

개인적으로는 프리미어 12의 모든 경기에서 승리를 거두는 것이 목표였다.

그걸 위해서라면 뭐든지 해야 했다.

‘지금은 미국전에 집중하자.’

본선 첫 경기는 미국전이었다.

마이너리그의 선수들이 주축이 됐다고 해도 만만치 않은 만큼, 그리고 슈퍼 라운드 첫 경기인 만큼 김경달 감독은 최강의 패를 꺼내 들 작정이었다.

"미국전의 선발투수는 이상진으로 한다."

코치들도 이견이 없었다.

슈퍼 라운드의 첫 경기가 얼마나 중요한지는 다들 알고 있었다.

그래서 최강의 카드를 최고의 경기에 투입하는 데 망설임 없었다.

"그럼 대만전은 어떻게 하실 생각이신가요?"

이상진이 미국전에서 뛴다면, 다음 날 열리는 대만전에 들어갈 투수는 김강현이나 양헌종밖에 없다.

그리고 김경달 감독의 결론도 예상대로였다.

"김강현으로 가지."

"알겠습니다. 그러면 3번째 경기인 멕시코 전에는 양헌종을 투입하도록 하겠습니다."

선발 자원은 넘쳐났다.

특히 이상진, 김강현, 양헌종, 이 셋은 유형진을 제외하고 현재 한국 최고의 선발진이라고 자신할 수 있었다.

그 외에도 든든한 선발 자원들이 여럿 있었다.

"그런데 어째 표정이 안 좋아 보이십니다."

"그래 보이나?"

"예. 안색이 어둡습니다만."

김경달 감독은 쓴웃음을 지으며 고개를 가로저었다.

마음속에 품고 있던 약간의 불안이 겉으로 표출된 것 같아 부끄럽기도 했다.

"그런 건 아니네. 다들 나가보게. 훈련이 있지 않은가."

코칭스태프들은 하나둘씩 데이터와 서류를 챙겨서 밖으로 나갔다.

하지만 최일원 코치만큼은 밖으로 나가지 않았다.

"왜 나가지 않나?"

"순조롭게 풀리는 게 마음에 들지 않으시는 듯해서 말입니다."

김경달 감독이 대답하지 않자 최일원 코치는 다시 말을 이었다.

"선수들의 기강이 해이해지는 것 같아서 그러십니까?"

"그렇다네."

결국 인정했다.

평가전을 통해서 중미 쪽 야구의 힘을 체감하게 해 줄 생각이었다.

그런데 1패를 각오하고 치른 3번의 평가전을 모두 승리를 거둔 데다가 C조 경기에서도 전부 승리를 거두었다.

사기가 오른 건 다행스러웠지만, 반대로 마음이 풀어졌다는 건 문제였다.

"이렇게 승리에 젖어 해이해진 상태에서 패한다면 선수단 전체가 혼란스러워할 걸세."

"그래도 승리를 위해서 이상진을 투입하시는 것 아닙니까?"

"미국은 아무래도 조심스러우니까. 하지만 나는 대만이 걱정이네."

"대만 말씀입니까?"

김경달 감독은 아까 생각했던 것을 털어놓았다.

다크호스라고 불리는 대만을 과연 무시해도 좋은 상대인지.

최일원 코치는 설명을 들으며 얼굴을 굳혔다.

"확실히 대만에 대한 데이터는 부족합니다. 그래도 잘되지 않겠습니까?"

"그런 생각이 너무 마음을 놓은 게 아닌가 한다는 걸세. 어찌됐든 그때까지 대만 팀에 대한 정보를 모을 수 있는 대로 모아두게."

그때 누군가 똑똑 하고 문을 두드렸다.

"누구지?"

"김병호입니다, 감독님."

문을 열고 들어온 전력분석팀의 김병호 코치는 당혹스러운 표정으로 입을 열었다.

"선수가 대만 팀의 데이터를 필요로 하는데, 건네줘도 되겠습니까?"

"그런 거야 당연히 제공해 줘야지."

당연한 소리를 하자 김경달 감독의 얼굴이 찌푸려졌다.

하지만 김병호는 말이 짧았다는 걸 깨닫고 다시 말했다.

"아, 죄송합니다. 대만의 데이터를 제공해 줬는데 너무 적다고 해서 말입니다. 조금 더 조사를 해야 할 것 같아서 미리 보고 드리려는 겁니다."

"그러도록 하게. 그런데 누가 데이터를 더 요청했나?"

옆에 서 있던 최일원 코치는 그게 누구인지 깨닫고는 엷게 미소를 지었다.

김병호 코치는 이마의 땀을 닦으며 말했다.

"이상진입니다."

*　　　*　　　*

평온 속에서 위기감을 느끼는 선수는 이상진뿐만이 아니었다.

투수진 속에서도 몇몇 선수들은 이상진만큼은 아니더라도 다른 나라의 데이터나 영상을 찾아보며 연구를 계속하고 있었다.

그들은 이상진이 주최한 투수조 모임에도 군말 없이 나왔다.

물론 그렇지 않은 투수들도 나오기도 했다.

김강현은 두 살 아래의 이상진을 바라보며 어색하게 웃었다.

"왠지 이런 걸 보니 색다르네."

"그래 보여요?"

바로 2~3주 전까지만 해도 서로 적으로 으르렁댔던 사이였는데, 같은 유니폼을 입고 있자니 기분이 묘했다.

게다가 이렇게 가까이 앉아서 서로의 전력에 대해 토의하게 될 줄은 몰랐다.

그런데 더 의외의 모습에 깜짝 놀라고 말았다.

"이 정도의 데이터는 언제 또 모은 거야?"

"예전부터 혹시 몰라서 모아 뒀죠."

이렇게 이야기는 했어도 한국에서 마이너리그 선수들의 영상을 구하는 건 하늘의 별 따기나 다름없었다.

그래서 영호도 이를 벅벅 갈면서 있는 것 없는 것 죄다 긁어모아야 했다.

그럼에도 이상진이 가지고 있는 마이너리그 선수들의 데이터는 한국 전력분석팀이 보유한 것보다 많았다.

"일단 이쪽이 전력분석팀에서 제공한 자료고, 그걸 보고 변한 부분이 있는 걸 체크해 봤어요."

이 자리에 모인 선수들은 각자 팀에서 내로라하는 수준급 선수들이었다.

그럼에도 그들은 구단에서 제공해 주는 자료에만 의존했지, 이상진처럼 다량의 데이터를 직접 수집할 생각은 하지 못했다.

"넌 늘 이렇게 해 왔던 거냐?"

"제가 직접 찾는 것도 있긴 한데, 그랬다면 이 정도로는 못하죠."

이것도 전부 영호가 있어서 가능한 일이었다.

국내 선수들의 영상이야 구하기가 무척 쉬워서 매일같이 볼 수 있었다지만, 마이너리그는 결코 그렇지 않았다.

'대체 무슨 수를 썼길래 영호 형은 이렇게 많은 영상을 구해 온 거지?'

매니저가 된 이후부터 신기한 일이 생기면 대체 어떻게 한 거냐고 종종 물어봤다.

돌아온 건 저승사자들의 네트워크를 이용했다는 대답뿐이었다.

'어차피 좋으면 좋은 거지.'

저승사자들이 대놓고 찾아와서 어깃장을 부리는 것도 아니고, 뭔가 방해하는 것도 아니었다.

찾아오는 건 영호뿐이었으며 그나마 아주 가끔 흑월 사자가 찾아오는 정도였다.

처음을 제외하고 여태까지 좋은 일이 있었으면 모를까, 해가 된 일은 없었다.

"대만 데이터도 있는데 보실래요?"

"응? 아아, 좀 챙겨 봐야지."

김강현은 건성으로 대답하며 데이터를 받아 들었다.

그래도 딱히 제대로 보고 싶은 생각은 없었다.

'나도 미국전에 등판하고 싶었는데.'

이번 시즌이 끝나면 포스팅 제도를 통해 미국 진출을 선언한 만큼 마이너리그 선수들에게 얼마나 통할지 시험해 보고 싶었다.

그래서 그 기회를 가져간 상진에게 질투심이 생기기도 했고 부럽기도 했다.

메이저리그로 진출할 생각에 마음을 빼앗긴 탓일까. 그는 대만 국가대표팀의 데이터에 쉽사리 눈이 가지 않았다.

* * *

한국 대 미국 경기가 치러지는 전날인 11월 10일에 다른 경기가 두 차례 있었다.

그리고 두 번째 경기에서 일본은 호주에게 3 대 2로 진땀승을 거뒀다.

호주는 이미 조별 라운드 경기로 갈음한다고 하지만, 일본이 그토록 고전하는 모습을 보니 선수들의 사기는 더욱 높아졌다.

"야, 우리가 호주를 쉽게 깼는데 일본은 좀 아니더라."

"쩔쩔매던데?"

이번에 나온 일본 국가대표팀의 전력도 그다지 강해 보이지 않았다며 선수들은 의기양양하게 떠들고 있었다.

하지만 고참급 선수들에게 있어서 그런 건 별로 중요하지 않았다.

야구는 아무리 못하는 팀이라고 해도 최소 3할 이상의 승률은 가져가는 스포츠다.

그 말인즉슨 아무리 못하는 팀도 강팀에게 이길 확률이 3할은 넘게 있다는 뜻이다.

30퍼센트라는 수치는 생각보다 큰 편이다.

그때 상진은 휴대폰이 웅웅거리는 걸 느끼고 전화를 받았다.

—미국 팀의 데이터는 다 머릿속에 넣어 뒀냐?

전화를 받자마자 다짜고짜 물어보는 영호의 목소리에 피식 웃고 말았다.

어느 시점부터 영호는 자신보다 훨씬 야구에 관심을 가지고 또 성적에 신경을 썼다.

지금도 똑같았다.

제공한 데이터를 전부 읽어 봤는지, 이상한 점은 없었는지.

하나하나 전부 챙기는 걸 보면 요즘에는 어지간한 전력 분석원이나 코치들 이상으로 깐깐해졌다.

"전부 다는 아니더라도 선발로 나오는 멤버들의 데이터는 집어넣어 놨어요."

—그거로는 부족해.

"짬짬이 챙겨 볼 생각이에요. 눈앞의 상대에 집중한다는 건 좋지만, 불펜으로 나설 것도 생각해 둬야 하니까요."

수화기 너머로 낮게 웃는 목소리가 들려왔다.

—그 말에는 동감이다. 아무튼 챙겨 둘 수 있는 건 챙겨 둬.

"그게 걱정돼서 연락한 거예요?"

—인마! 네가 성적을 잘 내야지 나도 흑월 사자님한테 생색이라도 내지!

"그렇게 해서 얻을 게 뭔데요?"

—진급도 있고 보너스도 있고! 아무튼 나는 오늘 밤에 일본으로 갈 테니까 오늘까진 네가 알아서 해. 아무튼 이놈의 인간 세상은 활동하려면 여권이니 비자니, 뭐 이렇게 챙길 게 많아!

영호는 이번에 상진과 함께 일본으로 건너오려다가 자기 이름으로 된 여권조차 없어서 난감한 상황을 겪고 있었다.

덕분에 여권을 발급받고 신원 확인 조회까지.

시간을 상당히 잡아먹고 있었다.

"아무튼 빨리 건너오기나 하세요."

―알았다, 알았어. 내가 가기 전까지 외롭다고 질질 짜지 말고 기다리기나 해라.

어째 한마디도 지려고 하지 않는 영호의 목소리에 문득 그립다는 느낌이 들었다.

한동안 계속 투닥거리면서 함께 지냈는데, 며칠 못 봤다고 이런 기분이 들 줄은 몰랐다.

"올 때 맛있는 거 사 와요."

―일본에는 맛있는 거 없냐?

"여긴 죄다 맛이 밍밍해요. 뭔가 짭짤한 거 없나 싶은데요."

―아무튼 알았다. 그거 말고는 다른 거 없냐?

보고 싶다고 말하는 건 좀 닭살 돋았다.

잠시 고민하던 상진은 씩 웃으면서 말했다.

"여자 친구 하나만 구해 주십쇼."

―닥쳐.

* * *

대망의 미국전 날이 다가오자 아무리 간이 큰 이상진이라고 해도 긴장되는 건 어쩔 수 없었다.

국내 시즌은 수도 없이 치러 봤지만, 국제 대회는 그도 처음이었다.

긴장이 되는 게 당연했다.

"코디 폰스라니. 처음 듣는 이름이죠?"

이번에 국가 대표에 세 번째로 선발된 김혜성도 무척 기대된다는 얼굴이었다.

대한민국을 대표해서 이 자리에 섰다는 사실 자체가 가슴이 두근거릴 만한 일이었다.

"데이터는 좀 챙겨 봤어?"

혜성은 상진에게 스스럼없이 다가오는 몇 안 되는 선수였다.

마치 골든 리트리버 같은 친화력에 상진도 마음을 금방 열었다.

"직구는 91~92마일 정도고 잘 나오면 94마일까지 나온다더라고요. 원래 구속은 그것보다 더 많이 나왔는데 제구를 잡느라 느려졌다네요. 좌타자를 상대하려고 컷 패스트볼을 익히긴 했는데, 변화구가 전반적으로 좋지 않고요."

역시 국가 대표로 뽑힐 만한 재능이 있었다.

데이터도 잘 받아들이고 그걸 소화하며 머릿속에 넣어 두고 경기에 쓸 만한 능력.

문득 충청 호크스에서 그럴 수 있는 선수가 몇이나 되나 떠올려 보고 살짝 우울해졌다.

"타자들은 투수를 신경 쓰면 되고, 나는 저쪽 타자들을 신경 쓰면 되는 거니까."

오늘 1번 타자로 나올 조던 아델을 멀리서 바라보며 상진은 코끝을 쓱 문질렀다.

2번으로 올라오는 알렉 봄이나 3번 타자인 로버트 달벡도 요주의 대상이었다.

특히 보스턴 트리플A까지 올라간 로버트 달벡의 파워는 경계할 만했다.

1번부터 9번까지, 오늘 선발로 올라올 타자들을 바라보던 상진은 피식 웃었다.

여기에서 경계하지 않을 만한 선수가 어디에 있을까.

아무리 메이저리거가 아니라고 해도 한 나라를 대표해서 선발된 인원들이다.

그들은 모두 마이너리그에서 고르고 고른 선수들.

차후 상진이 미국에 가기 위해서는 이들을 찍어 누를 능력을 보여 주어야 했다.

"으아아아아! 죽겠다, 죽겠어."

"상진이 형, 이거 좀 드실래요? 야채주스인데 긴장 풀어 주는 데 좋대요."

혜성은 넉살 좋게 가지고 온 야채주스를 넘겨주었다.

충청 호크스의 막내인 정은일보다 더 넉살 좋은 태도에 상진은 그만 웃음을 터뜨리고 말았다.

*　　*　　*

미국 국가대표팀 입장에서 이번 대회는 썩 달갑지 않았다.

미국 메이저리그 사무국은 이미 월드 베이스볼 클래식이라는 국제 대회를 운영 중이었다.

그런데 갑자기 일본이 자국 스폰서를 끌어들여 국제대회를 연다고 하며 대등한 입장에 서려고 하니 곱게 보일 리가 없었다.

"게다가 경기 운영도 미숙하고 일본의 승리를 밀어주려고 별 짓을 다 하는 게 보이지."

그래서 메이저리그 사무국은 이번 시즌 메이저리그 로스터에 포함이 됐던 선수들은 출전을 허가하지 않았다.

그것이 대회의 수준과 관심도를 낮추고 볼거리를 없애기 위한 최소한의 심술이었다.

하지만 사무국이 전력을 기울이지 않는다고 해도 선수들마저 전부 그런 마음인 건 아니었다.

"헤이, 코디. 긴장돼?"

"당연히 긴장되지. 저기 보여? 토론토에서도, 양키스에서도. 스카우터들이 잔뜩 와 있다고."

게다가 선수들 사이에서 벌어지는 트레이드가 어느 곳보다도 활발한 곳이 메이저리그였다.

오늘 선발로 나오는 코디 폰스도 예전에 친구가 다저스로 트레이드 됐다가 한 달 후 미네소타로 이적하는 진귀한 모습도 봤었다.

요즘이야 스타급 선수들이 줄어들고 유망주 유출을 자제하는 분위기가 있어서 그렇지, 트레이드가 한번 일어나면 무시무시했다.

그리고 구단의 스카우터들은 트레이드를 좌지우지할 수 있었다.

"그런데 코리아? 여기는 야구 잘하나? 데이터를 봐도 잘 모르겠어."

"에이전트 말로는 갈 만한 곳이라고는 하더라. 가끔 있잖나? 한국이나 일본에서 돈 좀 벌고 오겠다는 놈들."

브라이언 플린은 어깨를 으쓱거리면서 호탕하게 웃어젖혔다.

2미터에 달하는 키에 110킬로그램이나 되는 몸무게를 자랑하는 거구에서 웃음이 터져 나오자 경기장에 울려 퍼질 정도로 컸다.

"나한테도 몇 번 제의가 왔는데 전부 거절했지. 나는 한국이나 일본은 신경 쓰고 싶지 않아. 오로지 메이저뿐이지."

"동감이야. 그래서 더 마음에 안 들어."

코디 폰스는 한국 대표 팀의 더그아웃 쪽을 바라보며 인상을 찌푸렸다.

이번에 한국에서 메이저리그 진출을 노린다는 선수가 있다고 들었다.

한국인들의 얼굴은 다 거기서 거기라 구분하기 힘들었지만, 이것 하나는 확실했다.

"무슨 얘기를 그렇게 해?"

이번 대표 팀 1번 타자로 손꼽히는 조던 아델이 다가오자 두 투수는 웃으며 그를 반겼다.

"아, 조던? 한국 선수들에 대해 이야기하고 있었지."

"아아? 휴전하고 있다는 동양인들? 얘기를 들으니까 일본보다 수준이 떨어진다던데?"

"누구한테 들은 건데?"

"우리 팀 전력 분석원. 그나마 뛰어난 선수는 더블 A 수준이라던데."

메이저리그 특급 유망주라고 대접받는 조던 아델은 투지로 불타오르고 있었다.

"1번 타자인 내가 싹 쓸어버리겠어."

"무리하지 마, 조던. 만만하게 볼 상대들은 아니야."

하지만 조던 아델은 그런 이야기는 들리지도 않았다.

앞으로 1~2년만 더 경험을 쌓으면 메이저로 올라갈 수 있다.

이번 대회는 데이터가 부족한 다른 나라의 선수들에게 자신이 전혀 뒤떨어지지 않는다는 걸 보여 줄 차례였다.

아델의 시선은 동양의 나라들이 아니라, 유연하고 파워 넘치는 선수를 배출하는 중남미의 나라들로 향해 있었다.

그래서 경기가 시작됐을 때 조던 아델은 당황했다.

마운드에 서 있는 동양인 투수는 생각보다 키가 적당했다.

얼핏 듣기로는 키가 70인치만 되어도 큰 편이라고 했는데, 그것보다 조금 더 커 보였다.

하지만 아델이 당황한 건 그것 때문이 아니었다.

"스트라이크!"

분명히 정중앙으로 오는 듯한 공에 배트를 내밨지만 마치 살아 있는 듯 몸 쪽으로 휘어지는 커브에 어쩔 도리가 없었다.

헛스윙을 한 아델은 다음 순간 눈을 부릅떴다.

마운드에 서 있는 투수는 손을 까닥거리면서 웃고 있었다.

'이 동양인 개자식이!'

그때 아델은 몰랐다.

심리전은 이미 시작됐다는 사실을.

쉽게 볼 경기는 없다

조던 아델은 특급 유망주라고 칭찬이 자자했다.

팀 내적으로도, 팀 외적으로도 성장만 꾸준히 한다면 조만간 메이저리그에 콜업이 될 수 있다는 이야기를 들었다.

그래서 이번 국가대표팀 이야기도 흔쾌히 승낙할 수 있었다.

이번 시즌에 메이저리그 로스터에 포함되었던 사람들이 없기는 했다.

하지만 그걸 역으로 생각한다면 국가대표팀에 뽑혔다는 건, 바로 메이저리그 다음 가는 선수들이라는 뜻이었다.

"스트라이크!"

두 번째 공이 스트라이크존 안에 들어온 순간, 아델은 무언가 잘못됐다는 걸 깨달았다.

'이건 치기 너무 까다로운 공인데?'

처음에는 커브, 두 번째는 투심이었다.

두 공 모두 변화가 너무 극심해서 대처하기 어려웠다.

이건 전부 상진의 머릿속에서 세워진 작전에서부터 시작된 게임이었다.

'조던 아델. 배트 스피드가 빠르고 파워도 있는 유망주지만 변화구에 잘 속아 헛스윙 비율이 높고 삼진을 많이 당하지.'

보통 타자들이 투수에게 가장 관심을 갖는 건 구속이다.

구속이 빠르면 빠를수록 칠 타이밍을 잡는 게 어렵기 때문이다.

그리고 대부분의 투수는 패스트볼을 주력 무기로 사용한다.

'내가 생각보다 한국 팀에서는 구속이 좀 나오는 편이지.'

몇몇 선수들은 155킬로미터까지는 충분히 찍을 수 있다.

하지만 그건 무리해서 던졌을 경우였고, 자신처럼 150킬로미터 이상의 구속을 계속 유지하는 투수는 드물었다.

이건 대표 팀에서만이 아니라, 국내를 전부 뒤져 봐도 마찬가지였다.

'경기를 보지 않고 데이터만 봤다면 국내에서 내가 패스트볼을 주력으로 삼았다고 생각하기 쉽겠지. 그러면 나는 그걸 역으로 이용해서 공에 계속 변화를 준다.'

상진의 생각대로 아델은 상진의 경기 기록과 최고 구속 등의 데이터만 봤다.

구종이 다양하다는 사실은 알았어도 구속이 높은 만큼 그

부분에 먼저 주목했다.

아델의 스카우팅 리포트를 입수해서 그가 어떤 선수인지 알아낸 만큼.

조별 라운드에서 어떤 타격을 해 왔는지 영상을 입수해서 관찰한 만큼.

데이터 수집과 심리전에 있어서는 이쪽이 조금 더 우위였다.

“스트라이크! 타자 아웃!”

“쉣!”

3연속 헛스윙으로 삼진을 당한 조던 아델의 얼굴은 붉으락푸르락해져 있었다.

팀원들은 더그아웃으로 들어오는 그에게 야유를 퍼부었다.

“우우! 동양인 투수한테 삼진이 뭐냐?”

“헛스윙 시원하다! 헤이, 보이! 삼진은 선물이냐?”

하지만 그들도 그 야유가 자신들에게 돌아올 시간이 머지않았다는 걸 아직 몰랐다.

“스트라이크! 타자 아웃!”

“스트라이크! 타자 아웃!”

오늘 심판은 스트라이크 콜밖에 모르는 것처럼 기계적으로 외쳐 댔다.

심판의 무미건조한 선언이 마지막으로 울려 퍼지자 경기장에 모여든 한국 사람들은 전부 환호했다.

반대로 미국 국가대표팀 감독인 스캇 브로셔스의 얼굴은 차갑게 굳었다.

1회에 세 타자가 연속으로 삼진을 당하며 물러나는 상황은 전혀 예측하지 못했다.

문득 등줄기가 축축하단 사실을 깨달았다.

'저 투수의 투구만 보고도 반응했다고?'

선수 생활은 그다지 평탄하지 못했더라도 선수 보는 눈만큼은 어느 정도 있다고 자부했다.

그런데 눈앞에 있는 투수는 특이할 것이 없었다.

구속은 95마일 이상을 던지는 메이저리그 정상급 투수들과 비교해서 특출 나게 높지도 않았고 구위도 메이저리그 평균보다 약간 높은 수준이었다.

던질 수 있는 구종이 다양하다는 건 장점이지만, 그것도 메이저리그의 정상급 투수와 비교한다면.

'잠깐? 메이저리그 정상급 투수들하고 비교한다고?'

너무 자연스럽게 메이저리그의 정상급 투수들과 비교해 버렸다.

스캇 브로셔스는 고개를 세차게 흔들며 마운드에서 내려가 더그아웃으로 돌아가는 동양인 투수를 바라봤다.

걸음걸이는 자신감에 가득 차 있었다.

'1회는 서비스일 뿐이다. 어디 2회부터 기다려 봐라.'

* * *

[타자를 아웃시켜 98 포인트를 획득하였습니다.]

시스템 메시지를 뒤로하고 더그아웃에 돌아오니 코칭스태프를 비롯해서 투수들이 우르르 몰려왔다.

"어땠냐?"

"강하냐?"

고작 공 9개로 타자 셋을 전부 돌려세웠다.

그것도 전부 삼진을 잡아냈다는 사실에 그들의 얼굴은 붉게 상기되어 있었다.

무엇보다 미국의 1번부터 3번까지 잡아냈단 것이 중요했다.

"그냥 생각했던 대로 던지니까 되던데요?"

"이런 괴물 같은 자식!"

상진은 씩 웃으면서 감독석에 앉아있는 김경달 감독을 향해 다가갔다.

김경달 감독은 고개를 끄덕이며 살짝 웃었다.

"수고했다."

"투구 수는 어느 정도까지 해야 합니까?"

"월드 베이스볼 클래식과 달리 프리미어 12에는 투구 수 제한이 없다. 네가 알아서 잘 조절하면 길게 던질 수 있게 하마."

"감사합니다."

이상진은 깍듯하게 인사를 하고 자신의 자리로 돌아갔다.

먹을 것을 챙겨 든 그는 더그아웃 앞쪽으로 가서 타자들을 응원하기 시작했다.

양손 가득히 치킨과 음료수를 들고 있는 그의 모습에 모두

웃음을 터뜨렸다.

"더그아웃 반대편에서 볼 때는 몰랐는데, 이런 기분이었겠네."

"대균이 형이 얼마나 어처구니없었을지 이해가 되네요."

"솔직히 말해서 대균이 형은 같이 먹자고 했을걸?"

"그런데 저 식성으로 줬을까요?"

얼마 전 일본에 건너와 식사를 했을 때, 이상진은 평소의 식탐을 생각하면 믿을 수 없을 정도로 늦게 내려왔다.

하지만 그게 오히려 신의 한 수였다.

"그땐 몰랐지. 설마하니 주위 편의점에서 사 온 음식으로 먼저 방에서 식사를 끝내고서 식당으로 왔을 줄이야."

먼저 사 온 음식으로 배를 채운 상진에게 식당의 음식은 남은 것뿐이었다.

하지만 그게 오히려 나았다.

선수들이 식사를 적당히 끝내자 상진은 눈치 볼 것 없이 남은 음식을 마음껏 퍼 먹었다.

그래서 국가대표팀 선수들이 상진에게 붙인 별명이 바로 잔반 처리반이었다.

"리드 어땠냐? 바꿀까?"

"아뇨. 적당했어요. 제가 한 번이라도 고개를 흔들었나요?"

양희재는 어깨를 으쓱거리면서 고개를 저었다.

사인을 보냈을 때 상진은 단 한 번도 고개를 젓지 않았다.

"희재 형도 데이터 많이 보셨나 보네요?"

"많이 챙겨 봤지. 나야 투수와 타자를 둘 다 봐야 하니 진을 좀 뺐지만 말이야."

이번에 뽑히지는 못했어도 호크스의 최재환 역시 데이터를 많이 챙겨 봤다.

포수의 별칭은 그라운드의 사령관.

그 별칭답게 양희재 역시 꼼꼼하게 점검해 두었다.

"재환이가 널 잘 부탁한단다."

"잘 부탁하긴요. 먹을 거나 많이 챙겨 주면 될 놈이라고 했겠죠."

"어? 어떻게 알았냐?"

"재환이 형하고 한솥밥 먹은 게 몇 년인데요. 이 정도는 이제 눈감고도 알아요."

"내가 더 잘 알거든?"

최재환이 호크스로 트레이드되기 전까지 함께해 왔던 희재는 옛날을 떠올리면서 슬쩍 미소를 지었다.

예전에는 햇병아리 같은 녀석이었는데, 이제 이런 투수한테 신뢰를 얻으며 공을 받고 있다니.

여간 부러운 일이 아니었다.

"그러면 이제 다음부터 패턴은 어떻게 할까?"

"2회에 올라올 4번 타자는 앤드류 본이니까 잘 던져 봐야겠죠."

앤드류 본은 98년생이라고 해도 조던 아델 이상으로 좋은 배트 스피드와 힘을 갖췄다.

영상만 봐도 무서울 정도의 재능을 가진 타자였다.

타고난 타격 감각과 힘도 문제지만, 무엇보다 변화구에 잘 속지 않고 담장 너머로 공을 넘긴다.

"영상으로도 봤지만, 4번 타자를 할 만한 재목이긴 해."

양희재와 공의 배합에 대해 이야기를 나누면서 상진은 빙그레 미소 지었다.

최재환과 다르게 조금 더 공격적인 조합을 추구하면서 동시에 안정적이다.

어째서 재환을 제치고 국가 대표 NO.1 포수라고 불리는지 이해가 될 정도였다.

그렇게 새로운 패턴을 몇 가지 구상하던 그때.

"와아아아!"

더그아웃 앞쪽에서 함성이 터져 나왔다.

*　　　*　　　*

―2구째를 끌어당깁니다! 오른쪽 담장! 담장을 넘어갑니다! 김재호 선수의 석 점포!

―1회 말 2사 1, 3루에서 김재호 선수가 스리 런 홈런을 터뜨립니다!

―단숨에 앞서나가는 대한민국 대표 팀! 점수는 3 대 0!

―1회부터 미국 대표 팀을 압도합니다!

―맞는 순간 홈런임을 알 수 있는 큰 타구였습니다!

선발투수 코디 폰스의 실투였다.

그걸 놓치지 않은 대한민국의 5번 타자 김재호가 힘차게 끌어당기자 공은 맥없이 담장 너머로 날아갔다.

김재호는 아무것도 아니라는 듯 무덤덤한 표정으로 그라운드를 돌았다.

이제부터가 시작이라는 듯한 얼굴이었다.

"자, 다시 제 차례네요."

"휘유! 이번에도 전부 삼진을 잡을 거냐?"

"가능하다면 해 볼 생각이에요."

양희재와 하이파이브를 한 상진은 다시 마운드로 향했다.

하지만 다음 순간 나타난 시스템 메시지에 눈살을 찌푸렸다.

[상대방의 포식 포인트가 표시됩니다.]

[타자의 포인트는 184입니다.]

미국 국가대표팀 4번 타자 앤드류 본의 포인트에 상진은 할 말을 잃었다.

여태까지 단 한 번도 본 적이 없는 높은 포인트였다.

아무리 올해 메이저리그 로스터에 포함이 되지 않은 선수라고 해도 이 정도의 포인트라니.

타자를 잡아먹으면 얻을 수 있는 포인트를 확인하자 확실히 차이를 실감할 수 있었다.

"장난 없네. 이래서 사람들이 메이저 메이저 하는 거구먼."

포인트야 선수들의 성적이나 컨디션에 따라 바뀌기도 하지만 국내 선수들 중에서는 180은커녕 150 포인트를 넘는 선수도 드물었다.

데이터로 보고 느낀 것 이상으로 시스템이 상진에게 보내는 경고는 확실했다.

그래도 즐거웠다.

'아직도 오를 산이 있다.'

올해 상진은 국내를 제패했다고 해도 될 만한 성적을 거두었다.

0점대 자책점과 200이닝 이상을 소화하고 22승이라는 승수를 거둘 동안 단 한 번의 패배도 없었다.

게다가 시즌 중 허용한 홈런은 단 하나뿐.

솔직하게 말해서 시즌 중에 매너리즘에 빠진 적도 간간이 있었다.

하지만 국제대회는 그에게 있어, 색다르고 신선한 자극이었다.

"전력으로 상대해 주지."

가장 자신 있어 하는 구종은 투심 패스트볼이다.

미국에서도 가장 많이 쓰이며 동시에 가장 공략하기 까다로운 공 중 하나.

상진은 초구를 전력으로 던졌다.

그리고 앤드류 본의 배트도 강력하게 회전했다.

따악!

"뭐?"

힘에서 밀린 이상진의 투심 패스트볼이 하늘 높이 치솟아 머리 위를 지나갔다.

깜짝 놀라 뒤를 돌아보니 폴대를 지나 파울이 되는 모습이 눈에 들어왔다.

등골이 오싹해졌다.

'역시 미국에서도 손꼽히는, 그리고 클린업 타자라는 건가.'

일본에서 3, 4, 5번 타자를 묶어서 클린업 트리오라고 한다면, 미국에서는 4번 타자 단 한 명만을 클린업 타자라고 부른다.

싹쓸이를 해 주는 해결사 역할의 타자.

그 이름에 걸맞는 힘과 정교함이었다.

'다음은 뭐로 할래?'

양희재에게서 사인이 들어왔어도 쉽게 결정할 수 없었다.

방금 전에 단 한 번 해 본 승부만으로도 확실히 알 수 있었다.

'높은 공으로 해 볼까? 배트 스피드는 미국 선수 전원 한국 선수들보다 월등하다고 봐도 되겠지. 어중간한 패스트볼은 통하지 않아.'

한국에서처럼 구위와 수읽기로 찍어 누르는 게 쉽지 않다면 끈질긴 승부로 가야 한다.

상진은 재빨리 양희재의 사인에 고갯짓을 반복하며 어떤 공을 던질지 결정했다.

이상진답지 않다고 할 정도의 공이 바깥쪽으로 휘어 나갔다.

단, 이번에는 조금 달랐다.

"볼!"

"크으, 이걸 안 속아 넘어가네."

다른 미국 타자들은 보통 패스트볼 대처력이 좋고 변화구에 대한 대처력이 떨어진다.

하지만 앤드류 본은 양쪽 전부 대처할 능력이 있었다.

오랜만에 만난 강적을 보며 이상진은 투지를 불태웠다.

'좋아! 어디 해보자고, 외국인 친구.'

올해 드래프트를 거쳐 시카고 화이트 삭스에 입단해서 바로 기대받는 유망주로 꼽힌 앤드류 본은 98년생답지 않게 신중한 성격이다.

주위에서 계속 칭찬하고 떠받들어 주면 자만할 만도 했지만, 그의 눈은 더 높은 곳을 향해 있었다.

'쉽게 상대할 투수가 아니다. 마치 그렉 매덕스를 보는 듯한 기분이야.'

그는 언제나 메이저리그의 선수들을 보고 관찰해 왔다.

그래서 눈앞에 있는 동양인 투수가 던진 두 개의 공만으로도 얼마나 좋은 실력을 갖췄는지 알 수 있었다.

자신도 투수로 뛰었던 만큼 누구와 비슷한 메커니즘을 지녔는지 바로 알아챌 수 있었다.

그러면서도 피식 웃음이 나왔다.

'대체 누구를 누구하고 비교하는 거지?'

메이저리그 명예의 전당에도 올라간 그렉 매덕스와 동양인 투수를 비교하다니.

실력에 감탄했다고 해도 너무 앞서 나간 게 아닌가 싶었다.

그는 자세를 고쳐 잡으며 투수를 노려봤다.

자신은 대학 리그에서도 삼진보다 볼넷을 더 많이 얻어 낼 만큼 선구안이 좋다고 정평이 났다.

방금 전에 들어온 볼은 정말 아슬아슬할 정도로 존에 걸쳐 들어왔다.

'실력 자체는 메이저리그의 투수들과 비교해도 뒤떨어지지 않는다. 세심하게. 그리고 주의 깊게 상대해야 한다.'

하지만 경계해도 애매한 공은 있기 마련이다.

초구와 마찬가지로 투심 패스트볼이 들어오자 앤드류는 망설임 없이 배트를 휘둘렀다.

하지만 이것 역시 정타로 이어지지 않았다.

"파울!"

'구속이 달라졌나?'

처음에 던진 투심 패스트볼은 전광판에 90마일(144킬로미터)이 찍혔다.

그런데 방금 전에 들어온 투심은 그것보다 훨씬 느렸다.

앤드류는 처음에 자신이 느낀 게 잘못되지 않았다는 걸 확인하고는 입가에 미소를 머금었다.

미국을 대표해서 국가대표팀에 뽑혔다는 자부심.

그리고 메이저리거들보다 아직 아래라는 열등감.

이 모든 걸 짊어지고 대회에 참가했는데 역시 세계는 넓었다.

그리고 앤드류를 마주 보고 있는 이상진도 마찬가지였다.

'젠장맞을 놈. 더럽게 까다롭네.'

국내의 수위 타자들만큼이나 까다로운 타자였다.

물론 앤드류 본에 대한 데이터는 충분히 있었다.

대학 리그 3년 동안 기록한 타율은 3할 7푼 4리, 출루율은 4할 9푼 5리에 달했다.

두 번 타석에 섰다면 한 번은 무조건 출루했다는 말과도 같았다.

물론 대학 리그의 수준이라고 해서 무시하지는 않았다.

주위에서 과대평가라고 말할 정도로 높이 평가하기까지 했다.

그리고 실제로 마주한 감상으로는 절대 과대평가가 아니었다.

"볼!"

4구째도 아슬아슬하게 걸러 냈다.

이상진은 구심을 바라보며 인상을 쓰고는 어깨를 으쓱거렸다.

양희재 역시 고개를 가로저었다.

지금 이상진을 힘들게 하는 건 타자인 앤드류 본만이 아니었다.

'이게 스트라이크가 아니라고?'

심판의 들쑥날쑥한 스트라이크존이 문제였다.

일본인 심판이 배정됐다고 하더니 갑자기 스트라이크존이 이상해졌다.

앤드류 본도 허를 찔렸다는 표정을 짓고 있었다.

조금 전까지 아래로 휘어지는 공이 연달아 들어가다가, 갑자기 높은 포심 패스트볼이 153킬로미터로 들어가니 대응이 늦어졌다.

그런데 아까 1회에만 해도 스트라이크로 잡아줬던 코스의 공이 지금은 볼이 됐다.

'빌어먹을 심판 놈.'

차라리 오심으로 갖가지 구설수에 오르는 국내 심판들이 훨씬 더 정확할 정도였다.

속으로 이를 갈면서 상진은 다시 한번 아까의 코스로 공을 집어넣었다.

2스트라이크 2볼의 상황.

앤드류 본의 방망이가 움찔했지만 나오지 않았다.

똑같은 코스에 똑같은 구종으로 날아오는 공이었기에 볼이라고 판단한 것이었다.

"스트라이크! 타자 아웃!"

그런데 삼진 선언이 울려퍼졌다.

앤드류 본과 이상진, 두 선수는 마운드와 타석에서 눈을 마주치며 어처구니없다는 표정을 지었다.

*　　　　*　　　　*

오심은 어느 한쪽에만 몰아서 불어닥친 게 아니었다.

하지만 앤드류 본의 삼진에 이어서 시작된 오심들은 명백히 한국 쪽으로 집중되어 있었다.

"스트라이크! 타자 아웃!"

"에라이!"

김연수는 씩씩거리면서 구심을 한번 노려보고는 타석에서 물러났다.

분명히 아까는 볼로 잡아 준 공이 이번에는 스트라이크라고 선언이 된 것이었다.

타자들은 물론 투수들까지도 전부 동요하고 있었다.

"이거 너무한 거 아닙니까? 아무리 한국을 견제하려고 한다지만, 이건 대놓고 미국 밀어주기잖습니까."

"자자, 오심을 우리한테만 한 건 아니잖나."

"그래도 미국보다 우리한테 더 많은 건 사실이잖습니까! 우리가 점수를 앞서 나가고 있다고 지금 대놓고 저러는 건데!"

이번 WBSC 프리미어 12에서 우승 후보로 꼽히는 건 일본과 미국, 그리고 대한민국이었다.

두 팀이 서로 맞붙는 경기에서 최대한 진을 빼 보겠다는 노골적인 움직임에 코칭스태프들도 연신 한숨만 내쉬었다.

"아주 대놓고 지랄들을 하는구만."

양희재마저도 고개를 가로저을 정도로 일본인 구심의 멘탈 흔들기는 상당한 효력이 있었다.

"너는 어째 신경 쓰이지도 않는 것 같다?"

"그것보다는 이 과자가 맛이 있어서요."

초콜릿을 바른 감자 칩이라 달고 짠맛의 어우러짐이 꽤 좋았다.

상진은 마지막 한 조각까지 탈탈 털어먹고 손가락에 묻은 초코를 빨아 먹었다.

"어차피 구심이 제멋대로 한다고 해도 헛스윙하는 것까지 볼로 만들지는 못할 거 아니에요?"

"그거야 그렇지만."

상진의 말은 지금 상황을 정통으로 꿰뚫고 있었다.

아슬아슬하게 걸치며 삼진을 잡는 공이 통하지 않는다면 배트가 나오도록 유도하면 된다.

"하지만 말처럼 쉬운 건 아니지."

"쉽지 않지만, 못 할 건 또 없잖아요?"

"인마, 재네를 상대로 뭘 어쩌겠다고?"

양희재는 어처구니없는 이상진의 말에 헛웃음을 터뜨리며 핀잔을 주었다.

그러면서도 왠지 신뢰할 수밖에 없어서 다시 한번 웃고 말았다.

2회까지 미국 타선을 꽁꽁 묶은 상진의 공은 진짜배기였다.

눈 깜짝할 사이에 날아오는 속도와 손에 틀어박히는 묵직한 감각까지.

"그래서 3회부터는 맞춰 잡게?"

"3회는 아까와 똑같이 가죠. 패턴을 바꾸는 건 두 번째 타순이 돌 때 하기로 하고."

희재는 묵묵히 뭔가를 계속 입 안에 넣으며 경기를 지켜보는 상진을 신기하게 바라봤다.

그가 여태까지 봐 온 투수들은 감정 표현이 상당히 다양했다.

그리고 전부 불합리한 일을 겪으면 똑같이 분노했다.

그런데 상진은 조금 달랐다.

"너는 좀 특이한 것 같다."

"제가 특이하던가요?"

"그래. 다른 투수들은 심판 욕하기 바쁜데 너는 여기에서 방법을 찾고 있잖냐."

"그거야 불평해 봤자 상황이 바뀌는 건 아니니까요. 더럽고 치사해도 제가 적응해야죠."

불평하기보다는 상황을 파악한다.

억지로 바꾼다기보다는 상황에 적응해서 대응한다.

어디까지나 이상진에게 있어서 지금 상황은 하나의 시험대이자 발판이었다.

산 정상에 오르는 길이 험하다고 해서 등산객은 산길을 욕하지 않는다.

그저 묵묵히 걸어 올라갈 뿐.

이상진은 목표 이외에는 바라보지 않는 남자였다.

"그래서 방법은 있어?"

이상진하고 합을 맞춰 본 건 오늘이 처음이다.

연습 투구를 했다고 해도 어느 정도의 사인만 알았다.

아직도 의구심을 품고 있는 희재의 말에 상진은 씩 웃으며 손가락을 까닥거렸다.

"그냥 평소에 하던 대로만 하시면 돼요. 아!"

평범하게 대꾸하며 고개를 돌리려던 상진은 탄성을 내며 다시 희재를 바라봤다.

"잡기 조금 힘들어질지도 몰라요."

* * *

3회 초에 등판한 상진은 가볍게 어깨를 풀었다.

[식사 시간이 되었습니다.]

[상대방의 포식 포인트가 표시됩니다.]

[타자의 포인트는 104입니다.]

'휘유, 장난 아닌걸? 웬만한 선수들은 죄다 100포인트가 넘어가네.'

미국 국가대표팀의 하위 타선도 역시 마이너리그에서 고르고 고른 만큼 상당한 수준이었다.

한국에서 내로라하는 선수들도 마이너리그의 유망주들과의 경쟁을 이기지 못한 경우가 많았다.

게다가 한국 선수들은 전혀 낯선 타국으로 가야 하니 적응의 어려움도 있었다.

'새삼스레 유형진 선배가 존경스러울 정도네.'

올해 사이 영 상 후보로 거론까지 되는 유형진 선배가 얼마나 괴물 같은 존재인지 새삼 실감됐다.

하지만 감상에 빠져 있을 시간은 없었다.

아까 먹었던 초코감자칩의 향기가 아직 입 안에 맴돌고 있었다.

그걸 음미하며 상진은 공을 던졌다.

"스, 스트라이크!"

힘없이 날아가다가 뚝 떨어지는 체인지업에 타자의 배트가 허공을 갈랐다.

스트라이크 콜을 더듬는 걸 보며 상진은 씩 웃었다.

이쪽에서 가지고 있는 미국 대표 팀의 자료는 100퍼센트 확실하진 않았다.

앤드류 본에게서 위험한 파울을 맞은 것만으로 그건 증명됐다.

그렇다면 이쪽은 확실한 데이터를 이용해서 던지면 그만.

나머지는 실전에서 채워 나가면 된다.

"음, 포인트가 아주 꿀맛이야."

그렇게 상진은 생각보다 많은 포인트에 만족하면서 확실하게 타자를 요리해 나갔다.

3회 초에 올라온 이상진이 타자 셋을 돌려세우며 무실점으로 틀어막자 한국 대표 팀의 사기는 끝없이 올라갔다.

"같은 팀이 되니까 어때요?"

"적이었을 땐 정말 죽이고 싶을 정도로 개노답이었는데, 같은 팀이 되니까 든든하네."

양희재는 솔직한 감상을 털어놓았다.

솔직히 붙잡기 어려워질지 모른다는 말에 긴장했는데, 그게 정답이었다.

변화구의 흔들림이 아까보다 훨씬 더 강렬했다.

하마터면 놓칠 뻔한 공이 한두 개가 아니었다.

"이대로 9회까지 잘 틀어막으면 되겠죠."

상진의 중얼거림에 희재는 깜짝 놀라며 투구 수를 확인해 봤다.

3회까지 투구 수는 단 36개였다.

이대로 간다면 9회까지 던질 가능성은 충분했다.

"민호야! 걷어쳐!"

"3회에도 점수 좀 내 보자!"

사기가 오를 대로 오른 대표 팀 선수들은 대기 타석에서 배트를 붕붕 휘둘러 댔다.

그리고 선두 타자인 박민호가 아웃당하고 두 번째 타석에선 김혜성은 그 기대에 부응해 줬다.

―안타! 안타입니다! 3회에도 대한민국 대표 팀이 주자를 내보냅니다!

—코디 존스 선수가 고개를 갸우뚱합니다! 맞을 거라 생각하지 못한 듯합니다!

1루에 안착한 김혜성은 입가에 미소를 머금고 더그아웃을 향해 신호를 보냈다.

기회가 된다면 얼마든지 달리겠다는 신호.

그리고 3번 타자이자 한국 최고의 유망주로 손꼽히는 이정우가 타석에 들어섰다.

"역시 정우는 다르다니까."

"이런 국제 대회쯤 되면 긴장할 만도 한데 전혀 그런 내색을 하지 않네요."

아버지에 이어서 부자가 모두 천재적인 야구 센스를 갖췄기로 유명한 그는 어린 나이임에도 눈빛이 살아 있었다.

그리고 상진이 인정한 몇 안 되는 한국 프로야구 선수이기도 했다.

"음? 여기 있던 닭강정 어디 갔어요?"

"네 거였냐?"

"아니, 내 음식에 손대지 말라니까요."

상진은 더그아웃에 놔뒀던 닭강정이 전부 사라지자 인상을 팍 썼다.

그리고 멋모르고 먹었다가 눈총을 받은 박경호는 웃으면서 옆에 있던 육포 봉지를 슬쩍 내밀었다.

오랜만에 괜찮은 닭강정을 사 뒀기에 아껴 먹으려고 했던 상진은 눈을 흘기며 육포를 입에 물었다.
그때 이정우의 안타가 터졌다.
"와아아아!"
"혜성아! 달려!"

—2구째를 끌어당기면서 오른쪽으로! 담장을 때립니다!
—김혜성! 3루를 돌았습니다! 홈으로! 홈으로! 홈에서 아웃!

3루를 돌아 홈에서 승부를 걸었다.
김혜성은 포수 에릭 크래츠가 무릎으로 베이스를 완전히 막는 걸 보고 당황하며 손을 뻗었다.
'태그가 되지 않았어!'
공을 잡은 포수의 글러브가 닿지 않았다.
포수가 홈 베이스를 너무 가로막은 것도 있고 자신도 옆으로 흘러가 버렸다.
태그도 되지 않은 게 확실했기에 이건 더 먼저 움직이는 쪽의 승리였다.
"아웃!"
하지만 먼저 홈 베이스를 발로 밟았음에도 심판의 선언은 단호했다.
너무나도 비정상적인 선언에 선수들은 일제히 소리쳤다.
"이 개자식이!"
"이게 아웃이라고? 말도 안 되는 소리 하지 마!"

아까부터 이어져 온 오심들.

결국 참다못한 대한민국 대표 팀의 더그아웃이 활화산처럼 폭발했다.

일본인 구심의 얼굴은 태연했다.

마치 자신이 아무런 잘못도 저지르지 않았다는 표정이었다.

그와 반대로 김경달 감독의 얼굴은 시뻘겋게 달아올랐다.

"전광판을 보라고! 저기에서도 확실하게 나오는데 왜 아웃이라는 거야!"

포수는 홈으로 들어오는 주자를 태그하지 못했다.

먼저 태그한 건 주자 쪽이었고 점수로 인정받아 마땅한데도, 비디오 판독 결과 역시 아웃이었다.

"빌어먹을 쪽발이 새끼들!"

더그아웃으로 들어오면서 욕을 바가지로 퍼붓는 김경달 감독의 모습에 선수들도 한껏 격앙된 모습이었다.

지금 상황은 명백히 힘을 빼놓는 사전 밑 작업이었다.

한국이든 미국이든 누가 올라오더라도 상처 입은 채로 올라오라는 뜻.

"옛날부터 그랬지만 주최국이랍시고 밀어주기 쩌네. 시팍."

양희재도 이를 갈며 온갖 육두문자를 늘어놨다.

아까 그도 타석에 섰을 때 제멋대로인 스트라이크존에 허둥대다가 땅볼로 물러났었다.

그만큼 오늘 일본인 구심의 판정은 너무 개판이었다.

"오랜만에 열 좀 받네요."

주위에서 격앙되어 목소리를 높이는 것과 달리 상진의 말투는 무척이나 담담했다.

하지만 그 안에 담겨 있는 의미는 남달랐다.

오늘 등판한 선발투수가 흥분한다는 건 경기 운영이 처음부터 끝까지 흔들릴 수 있다는 말과도 같았다.

"야야. 너는 진정해야지."

희재는 흠칫 놀라며 상진을 다독이려 했다.

하지만 그의 생각과 달리 오늘의 선발투수는 그렇게까지 흥분하지 않고 있었다.

"저는 전혀 흥분하지 않았어요. 그냥 화가 날 뿐이에요."

가슴은 뜨겁게, 머리는 차갑게.

그 말을 가장 잘 표현하고 싶다면 지금의 이상진을 가리키면 될지도 몰랐다.

그만큼 상진은 평온하고 담담한 얼굴로 분노하고 있었다.

국내에서 심판들의 오심이나 스트라이크존 때문에 고생한 적이 많았다.

하지만 국제 랭킹 상위권의 12개국이 모여 벌이는 대회라는 위상과 달리 대회 운영이 이렇게 개판이라니.

화가 나지 않으려고 해도 화가 날 수밖에 없었다.

경기가 재개되고 3회 말이 소득 없이 끝나자 상진은 주저하지 않고 자리에서 일어났다.

"가시죠, 심판 놈 엿 먹이러."

거칠게 육포를 물어뜯으며 말하는 상진의 얼굴을 바라보던 희재는 피식 웃었다.

“참 멋있는 말인데, 육포 먹으면서 하니까 참 멋이 없다.”

*　　*　　*

3회 말에 나온 오심 때문에 한국 더그아웃이 들끓었다.

그들이 흥분한 틈을 타서 점수를 추격하자는 스캇 브로셔스 감독의 말은 분명 일리가 있었다.

하지만 4회 초에 마운드를 바라본 아델은 다시 인상을 찌푸렸다.

‘저건 흥분한 사람의 표정이 아닌데?’

너무 평온한 얼굴이었다.

화를 내기는커녕 대리석 조각상을 보는 듯 무표정하고 아무런 변화조차 느껴지지 않았다.

마치 감정 자체가 없는듯했다.

‘냉정한 척해도 속으로는 끓고 있을 테지. 그리고 너도 사람인 이상 실투가 안 나올 수도 없을 거다.’

아무리 뛰어난 투수라고 해도 한 경기에서 실투가 단 한 번도 나오지 않을 수는 없다.

타자는 그 실투를 잘 노려서 친다면 안타, 더 나아가 홈런을 얻어 낼 수도 있다.

아델은 어떻게 되든지 그 하나의 실투를 노려 출루할 생각이었다.

물론 4회에 초구를 받아보기 전까지의 계획은 완벽했다.

"스트라이크!"

초구를 그냥 흘려보낸 아델의 표정은 잔뜩 굳어 있었다.

도무지 칠 수 없었다.

유인을 하는 듯 타자를 무시하는 듯 날아온 커브는 몸 쪽으로 매섭게 휘어지며 날아왔다.

공에서 느껴지는 찐득찐득한 기분은 등골을 오싹하게 만들 정도였다.

'왜 꼭 시작은 나부터냐고!'

1번 타자의 숙명과도 같은 일.

새로운 패턴이 나오면 가장 먼저 커트하며 어떤지를 살펴보는 첨병의 역할이다.

하지만 이런 식으로 또다시 곤란을 겪는 건 사양이었다.

'이건 커트해 내기도 힘들다고!'

아델은 눈살을 찌푸렸다.

동양인 투수의 공은 매섭고 날카로웠다.

다음 순간, 조던 아델의 눈이 휘둥그레 떠졌다.

"스트라이크!"

메이저리그의 뛰어난 투수와 비교해도 손색이 없는 슬라이더가 들어왔다.

단 하나 단점이 있다면 구속이 조금 느리다는 정도였다.

희재는 아슬아슬하게 미트 안에 들어온 공을 빼내며 타석에서서 씩씩거리는 타자를 흘끗 바라봤다.

저렇게 화를 내는 걸 왠지 이해할 수 있었다.

방금 전 들어온 슬라이더는 처음 3회까지 던진 공보다 훨씬 더 예리하게 꺾였다.

배트를 이끌어내도 결코 닿는 걸 용납하지 않는 언터쳐블이었다.

이상진의 공은 초구부터 스트라이크로 들어온다.

그렇기에 타자의 배트가 나올 수밖에 없다.

물론 너무 오래 지켜보는 것보다 초구부터 적극적으로 공략하는 게 정답이다.

하지만 그걸 알면서도 당하는 게 이상진의 공이었다.

스트라이크존 높은 곳을 향해 날아오는 느릿느릿한 공에 배트가 나온 아델은 흠칫 놀랐다.

"스트라이크! 타자 아웃!"

"쉣! 퍼킹!"

조던 아델은 발을 구르고 욕설을 하면서 뒤돌아섰다.

희재는 그 뒷모습을 보며 씩 웃었다.

초반에는 패스트볼 위주로 가던 상진의 패턴이 평소보다도 변화가 더 심한 변화구 위주로 바뀌었다.

초반에 자신에게 익숙하지 않은 미국 타자들의 눈에 패스트볼을 적응시킨다.

그런 후 4회부터는 데이터대로 타자별로 약한 변화구로 공략한다.

단순히 사인만 주고받아도 깨달을 수 있었다.

'예전에 합을 맞춰 봤던 유형진 같은 기분이야.'

다양한 구종과 150킬로미터를 넘는 구속.

그리고 그걸 뒷받침해 주며 타자와의 아슬아슬한 승부를 할 수 있도록 하는 제구력까지.

이상진에게서 낯익은 투수의 향기가 났다.

*　　　*　　　*

—이상진 선수가 8회까지 무실점으로 틀어막습니다!

—마이너리거로 구성됐다고는 해도 미국 국가대표팀의 타선을 단 2안타로 꽁꽁 묶어 놓습니다!

—앤드류 본 선수가 오히려 잘 쳤다고 봐야겠죠. 80억짜리 계약을 따내며 2019년 드래프트 1라운드 픽 다운 스윙이었습니다.

"스트라이크! 타자 아웃!"

점수는 5 대 0으로 한국이 리드하고 있었다.

8회까지 무실점으로 틀어막은 이상진은 평소보다 배는 힘든 기분이었다.

시스템적으로 보이는 체력은 큰 문제가 없었지만, 정신적인 피로가 극심했다.

'역시 마이너리거인가.'

평소보다 머리를 굴리며 타자와의 심리전을 치러야 했다.

국내 타자들의 데이터에 비해서 미국 타자들의 데이터는 꽤 부족했다.

그래서 탐색전과 공략을 병행하면서 맞춰 가는 과정이 힘들었다.

정신적인 피로는 겉으로 드러나지 않더라도 쌓이고 또 쌓였다.

게다가 심판의 판정이 이상했기에 피로는 한층 더할 수밖에 없었다.

"수고했다. 9회에는 쉬어라."

김경달 감독도 그런 상진의 피로를 눈치채고 있었다.

투구 수가 100개에 달한 시점에서 체력보다 정신적인 피로를 걱정하는 게 우스운 일이긴 했다.

하지만 그는 그런 것까지 세세히 살필 정도로 노련한 감독이었다.

"저는 괜찮습니다."

"공격할 때 먹는 음식 양이 계속 줄어드는데도 그런 소리를 하는 거냐? 노히트도, 퍼펙트도 노릴 게 없는데 괜히 무리할 필요는 없다."

"…알겠습니다."

굳이 무리할 이유는 없었다.

오히려 오늘은 대단한 수확이 있었다.

첫 번째로는 자신이 마이너리그의 선수들과 비교해서 우위를 차지했다.

서로에 대한 데이터가 더 많았다면 어떨지는 몰라도, 오늘만큼은 자신이 위에 섰다.

두 번째로는 메이저리그로의 가능성을 엿봤다.

상진은 평소에 자신이 우물 안 개구리가 아닐까 걱정했다.

아무리 훈련하고 연습을 거듭해도 메이저리그에 진출한다면 좋은 성적을 거둘 수 있을까 걱정했다.

하지만 오늘 마이너리그의 선수들을 압도함으로써 그 가능성은 현실이 됐다.

'할 수 있다.'

—도쿄 돔에서 벌어진 슈퍼 라운드 첫 경기에서 승리를 거둡니다!

—마이너리그 선수로 구성됐다고 해도 미국 대표 팀을 상대로 완승입니다!

—대한민국 야구 대표 팀이 대회 2연패를 향해 진격을 시작합니다!

*　　　*　　　*

"승리를 축하하며 건배!"

"오늘의 승리 투수 이상진을 위하여!"

내일도 경기가 있었기에 대부분 음료수였지만 기분만큼은 최고조였다.

이번 대회에서 호주전은 조별 라운드로 대신하고 미국전까지 승리를 거두어 벌써 2승째였다.

앞으로 남은 일정은 대만, 멕시코, 그리고 일본이었다.

오늘 대만이 일본에 패배하여 한국은 일본과 함께 선두를 달리고 있었다.

"그놈의 일본인 심판 놈. 너무한 거 아니냐?"

"그러게 말이야. 거기에서 그게 스트라이크라고?"

오늘 있었던 오심에 대해 다시 한번 불평을 하면서도 선수들은 웃고 있었다.

험난하긴 했어도 승리를 거두었다.

오히려 고난이 있었기에 승리했다는 기쁨은 몇 배가 되어 되돌아왔다.

"내일은 대만전인데 어때요? 어, 음."

"그냥 편하게 강현이 형이라고 해."

"그럴까요?"

김강현은 스스럼없이 다가온 상진을 보며 씩 웃고는 마시던 콜라를 들어 올렸다.

캔 콜라를 서로 툭 부딪친 상진은 넌지시 물었다.

"그래서 긴장은 안 돼요?"

"긴장? 글쎄?"

김강현은 자신만만하게 웃으면서 콜라를 단숨에 들이켰다.

"옛날에 진 빚을 갚아 줘야지. 이번에는 두고 보라고."

작년 아시안 게임에서 대한민국은 대만 팀을 상대로 쓰디쓴 고배를 마셔야 했다.

그리고 김강현도 5년 전 인천 아시안게임에서 대만전에 등판해서 호된 경험을 했었다.

승리를 하긴 했어도 그때의 굴욕을 잊지 않은 그는 이를 갈면서 이번 경기를 준비했다.

심지어 직접 김경달 감독을 찾아가서 대만전 등판을 요청하기도 했었다.

"그런데 이번에 대회 끝나면 포스팅 신청하실 거라면서요?"

이번 프리미어 12 대회가 끝나면 김강현은 메이저리그 진출을 타진한다.

누구나 알고 있는 소식이기도 했고, 구단과의 마찰까지 각오하고 인터뷰를 하기도 했다.

김강현은 쓴웃음을 지으면서 오히려 역으로 물었다.

"응? 아아, 그러고 보니 너도 신청할 거 아니야?"

"그렇긴 하죠. 그런데 보여 준 게 많이 없어서 걱정되긴 하네요."

김강현은 이미 2014년 시즌이 끝나고 한 차례 메이저리그 진출을 시도했었다.

하지만 메이저리그의 구단이 포스팅 제도를 역으로 악용해서 헐값으로 노예 계약을 맺으려는 시도를 했었다.

제시받은 금액도 생각보다 적었기 때문에 망설임 없이 포기했었다.

"괜찮아, 괜찮아. 메이저리그 구단들도 보는 눈이 있으면 제대로 제시하겠지. 그리고 이제는 규정도 바뀌었잖아?"

예전처럼 포스팅 제도에서 최고 금액을 입찰한 구단만이 아닌, 전 구단과 동시에 협상을 벌일 수 있게 됐다.

구단에게 돌아가는 금액이 줄어들었지만 선수들의 대우는 더욱 좋아지게 됐다.

그리고 김강현 역시 스캇 보라스와 계약한 선수였다.

계약이나 협상에서 든든한 아군이 있는 만큼 기대할 만했다.

"그런데 보라스의 제안을 거절했다면서?"

"한번 튕겨본 거죠. 사실 보라스하고 계약하면 딱히 걱정할 건 없지만, 제가 원하는 구단을 고르기 힘들 것 같아서요."

"그거야 잘 알아서 하겠지. 힘내라."

그때 저쪽에서 분위기에 취한 선수들의 고함이 터져 나왔다.

"내일도 아자아자! 연승 가자!"

"대만 따위는 아무것도 아니라고!"

상진과 강현은 서로를 바라보며 웃음을 터뜨렸다.

* * *

2019 WBSC 프리미어 12 대회는 도쿄 돔과 ZOZO 마린 스타디움에서 벌어진다.

어제 도쿄 돔에서 미국전을 치른 대한민국 야구 국가대표팀은 오늘 ZOZO 마린 스타디움에서 대만을 상대하게 됐다.

하지만 상황은 그렇게 호락호락하게 굴러가지 않았다.

시시각각 변해 가는 상황에 김경달 감독은 결국 분노를 터뜨렸다.

"지금 뭣들 하는 거냐!"

김경달 감독은 분노에 찬 얼굴로 고함을 터뜨렸다.

"내가 얕보지 말라고 누누이 얘기했는데도 왜 이러는 거냐!"

3.1이닝 동안 안타를 8개나 내주며 3점을 빼앗기고 강판된 김강현은 고개를 숙였다.

데이터가 완벽하지 않은 것도 있지만, 너무 완벽하게 공략당했다.

공격적인 조합을 하는 양희재와 마찬가지로 공격적인 투구를 하는 김강현.

둘의 패턴을 완벽하게 읽어 낸 대만 타자들은 자신들의 장점을 십분 살려 공략해 왔다.

"저놈들은 아무리 못해도 미국 물을 먹어 본 놈들이다. 대만이 승부 조작 때문에 말이 많다든가! 아니면 프로 팀의 수준이 개판이라든가! 이런 이야기는 잊어버려! 일정 수준 이상의 실력을 갖췄다면 승부는 아무도 모르는 거다!"

하지만 이미 선수들은 허둥대고 있었다.

선취점을 내준 것도 모자라 팀 내에서 상진 다음으로 손꼽히는 투수인 김강현이 강판됐다.

상황은 이미 최악이었다.

"스트라이크! 타자 아웃!"

4회 말에 올라온 타자들은 대만 선발투수 장이를 공략하지 못했다.

일본 프로야구의 오릭스 버팔로스 소속인 장이는 1군에 출전한 횟수가 비교적 적었다.

이번 2019 시즌에 2승 4패, 평균 자책점은 5.93이었다.

수집한 데이터로는 150킬로미터 이상을 던질 수 있으며 이번 대회 예선 B조 베네수엘라전에 선발 등판 해 7이닝 4피안타 2볼넷 6탈삼진 무실점으로 호투했다.

다만 부족한 건, 투수의 정보가 아니라 타자의 정보였다.

따악!

경쾌한 소리와 함께 쭉 뻗은 공이 좌익수와 우익수 사이로 굴러갔다.

순식간에 출루한 대만의 왕보룽 선수를 보며 대한민국 대표팀 더그아웃의 분위기는 축 처졌다.

"이런 빌어먹을."

대만의 린리가 타격왕을 수상해서 밀리긴 했어도, 왕보룽 역시 좋은 타격을 자랑했다.

특히 초구를 노려서 치는데 익숙해서 초구 타율이 5할에 달할 정도였다.

'초구는 바깥으로 빼고 유인구를 통해 승부해서 2스트라이크 이후를 노리라고 했는데도 그걸 전부 까먹었나.'

물론 선구안이 좋아서 그런 것조차 까다로웠다.

아무리 대만 프로야구가 극악의 타고투저를 겪고 있다고는 해도, 선수들의 성적은 그냥 만들어지는 게 아니었다.

다크호스라고 해도 너무 무시했다.

대만을 얕봐서는 안 됐지만, 얕봤기에 그 대가를 톡톡히 치르고 있었다.

* * *

「김경달호, 한 수 아래 대만에 0-7 충격패」

「5안타 무득점 빈공, 대한민국, 대만에게 대회 첫 패」

「김강현 3과 $\frac{1}{3}$이닝 동안 8피안타 3실점, 메이저리그는 정말 꿈인가」

「한국 야구, 대만에 0-7 패배로 '지바 참사', 올림픽 출전 빨간불」

대만에게 7점을 내주며 패한 대표 팀의 분위기는 전날과 사뭇 달랐다.

축제 분위기 같았던 전날과 비교해서 초상집 같았다.

타자들은 미팅이 끝나자마자 밖으로 나가 배트를 휘둘렀고 투수들도 각자 수건을 들고 섀도 피칭을 했다.

"쩝쩝, 하여튼 간에 말을 해도 못 알아먹으면 당해야지."

"누가 들으면 어쩌려고?"

"들으려면 들으라죠."

상진은 그 광경을 바깥에서 바라보며 푸념했다.

스윙을 하는 선수들과 섀도 피칭을 하는 투수들 모두 긴장감이 가득했다.

"평소부터 저랬으면 오죽 좋았겠어요."

"오늘 패인이 뭐라고 생각하는데?"

"처음에는 안일함. 그리고 너무 공격적인 게 문제였죠."

김강현과 양희재의 조합은 분명 공격적인 투구를 위한 조합이다.

하지만 그 안에도 맹점은 분명히 존재한다.

"대만 선수들은 초구를 노려 왔어요. 공격적인 투구라면 초반부터 스트라이크를 잡으러 들어오니까요."

"너도 그랬잖냐."

"네. 하지만 저는 아주 대놓고 들어가진 않았죠. 데이터가 적었으니까요."

데이터가 적었기에 상진은 최대한 신중하게 던졌다.

스트라이크존 곳곳을 이용하며 어떤 공에 더 빠르게 반응하는지 관찰하고 타이밍을 빼앗았다.

"그런데 변수를 창출하려면 사이드암으로도 던졌어야 하지 않았냐?"

"사이드암 투구를 한다는 걸 미국 대표 팀도 알고 있었겠죠. 하지만 그걸 사용하지 않았던 건, 저 스스로의 변수를 주는 것보다 정확한 데이터가 필요했으니까요."

결승에서 맞부딪칠 가능성이 높은 팀은 미국과 일본이다.

오늘 대만과의 경기에서 패해 앞으로 어떻게 될지 불투명해지긴 했어도 그건 변함이 없다.

상진은 결승전을 대비해서 사이드암을 봉인하고 데이터 수

집에 집중했던 것이었다.

"하, 골치 아프네요."

"경우의 수 같은 건 코칭스태프한테 맡겨 둬. 그리고 포스팅 준비는 구단 사람들하고 이야기해서 진행 중이다. 대회가 끝나면 김강현하고 일정 맞춰서 들어간다더라."

"생각보다 빠르네요?"

벌써 포스팅할 준비가 진행 중이라니.

적어도 자신이 귀국한 이후에 이야기가 진행될 거라 생각했다.

"신임 단장인 정민우 씨하고 이야기가 잘됐다. 그리고 구단에서도 적극적으로 밀어주더라. 김성연 회장? 모기업에서도 밀어주는 걸 보니 일단 구단의 반대 같은 건 걱정하지 않아도 될 것 같다."

20년 만의 우승을 차지했으니 모기업에서도 지원해 주지 않을 이유가 없었다.

게다가 모기업의 회장인 김성연도 적극적으로 밀어주고 있으니 구단에서도 반대 의사를 표명할 수 없었다.

"그러면 제가 할 일은 하나뿐이네요."

"그래. 넌 야구나 잘하면 된다. 나머지 일은 내가 구단하고 조율해서 처리할 테니까. 그건 그렇고 스캇 보라스가 다시 연락해 왔더라."

상진은 코웃음을 쳤다.

스캇 보라스가 연락을 해 올 일은 하나뿐이었다.

"또 계약하재요?"

"그런 이야기도 있고 언제 한번 미국에 오라더라."

"안 그래도 그럴 생각이었어요. 하지만 스캇 보라스하고는 계약할 생각이 없어요."

"어련하시려고."

어디까지나 상진의 메인 에이전트는 영호로 결정되어 있었다.

스캇 보라스와 연락한다고 해도 그건 에이전트나 대리인으로서가 아니다.

오로지 메이저리그 구단과의 연결책으로 이용하기 위해서라고 이미 정해 두었다.

상진은 기지개를 켜고 자리에서 일어났다.

"그럼 저도 가서 준비를 해 둘게요."

"경기는 언제인데?"

"3일 후에 경기가 있어요. 그래도 멕시코전을 대비해서 데이터는 봐 둬야죠."

"하여튼 이 데이터 귀신 같으니."

영호는 투덜거리면서 같이 자리에서 일어났다.

자신이 출전하지 않는다고 해도 팀을 위해서 데이터를 보고 분석에 동참한다.

"요 근처 호텔에서 지내고 있으니까 필요한 거 있으면 연락해. 여권에 비자에 이번에는 로밍인지 노망인지 때문에 내가 아주 개고생을 했으니까, 연락 자주 하고."

마지막까지 곱게 말하는 법이 없는 저승사자였다.

*　　*　　*

12일 대만전에서 호되게 당한 대한민국 국가대표팀에 대한 비난은 엄청났다.

—대만한테 처발리고 웃음이 나오냐?? 우승은 글러 먹었다.

—니네는 대만한테 이기는 게 연봉뿐이냐? 아! 얼굴 두께도 이기겠다

—우승 못하면 헤엄쳐서 돌아와라. 방사능 가득하니 수영할 맛 나겠다.

—감독은 대체 선수 기용 어떻게 하는 거냐? 김강현이 대만한테 약하다는 건 우리 동네 코찔찔이도 알겠다!

인터넷에서 늘 서로 멱살 잡고 드잡이질을 하던 네티즌들은 한마음 한뜻이 되어 대표 팀을 향해 비난을 퍼부었다.

물론 선수들도 할 말이 많았다.

하지만 그 말을 하면 변명이나 다름없었다.

가뜩이나 선수들도 자신있어 하며 필승을 자신했던 대만전이었기에 받은 상처도 상당했다.

"중심 타자들이 상태가 너무 안 좋습니다."

박경호, 양희재, 김재욱 같은 중심 타자들의 타율이 너무 낮

았다.

시즌이 끝나고 경기 감각이 떨어졌다고 해도 너무 심각했다.

더욱 문제는 한 방으로 경기를 뒤집을 능력을 가진 타자가 그들 정도라는 사실이었다.

'이번 국제대회도 투수 놀음인가.'

감독 입장에서도 심각하게 여기고 있었다.

하지만 고뇌하고 고뇌해도 그들이 한국 프로야구에서 손꼽히는 선수라는 건 변함없었다.

이미 선출했고 대회가 한창인 만큼 믿고 기용해야 했다.

"투수들은?"

"이상진을 중심으로 데이터를 분석하고 있습니다. 전력분석팀을 통해서 멕시코 선수들에 대한 정보도 대거 가져갔고요."

"역시인가."

"예?"

최일원 코치의 반문에 대답하지 않았다.

그저 대회가 시작하기 전에 충청 호크스의 감독인 한현덕과 통화하면서 들은 이야기가 있어서였다.

—이상진은 내버려 둬도 혼자 알아서 잘하는 타입입니다. 원하는 정보가 있다면 가져다주십시오. 그리고 선수들과 미팅을 하고 의견을 교환하는 걸 막지만 않으시면 됩니다.

그 말대로 이상진은 스스로 움직였다.

개인이 수집한 정보와 전력분석팀에서 수집한 정보를 취합했고, 선수들을 모아 미팅을 가지며 분석한 정보를 교환했다.

게다가 자신이 여태까지 던지며 체득한 노하우를 아낌없이 베풀었다.

타자와 심리전을 하는 요령과 더불어 배우고 싶은 공의 그립까지.

'어째서 충청 호크스가 한 명의 투수만 믿고 그토록 무모한 업셋을 해낼 수 있었는지 이제야 이해가 가는군.'

겉으로 봐서는 무적의 선수지만 막상 행동을 지켜보면 달랐다.

이상진은 자신이 가진 힘을 늘 갈고 닦았다.

그리고 현재의 자신에게 만족하지 않고 늘 정진했고 분석하기를 게을리하지 않았다.

지피지기면 백전불태이니라.

현재 한국 야구에서 이 말을 몸으로 가장 잘 보여 주는 선수는 바로 이상진이었다.

*　*　*

멕시코는 생각보다 막강했다.

투수들을 연속해서 교체하는 벌 떼 야구를 구사해 온 멕시코에게 대한민국 타자들은 당혹스러워했다.

무엇보다 문제였던 건 중심 타자들의 침묵이었다.

"후우."

김경달 감독은 전광판을 바라보며 한숨을 내쉬었다.

선발인 박정훈도 잘 던졌다.

하지만 멕시코 팀의 선발 마누엘을 비롯해서 4회에 교체되어 나온 베르난 베르나르디노도 호투를 펼치고 있었다.

문제는 5회에 터졌다.

—박정훈 선수가 또 안타를 맞습니다! 2실점!

—아! 김경달 감독! 이제야 투수를 교체하네요. 박정훈이 내려가고 차원찬이 등판합니다!

5회 초 멕시코의 공격에 2점을 먼저 실점한 대한민국 대표팀 선수들의 얼굴은 어두워졌다.

지난번 대만전에도 무기력하게 무너졌던 기억이 떠올라서였다.

'좋지 않아.'

이상진도 좋지 않은 공기를 느끼고 얼굴을 굳혔다.

첫 국가 대표였기에 되도록 앞에 나서지 않으려고 했는데, 지금 상황은 여의치 않았다.

잠시 고민하던 이상진은 피식 웃었다.

'내가 그런 걸 따지면서 움직이던 사람은 아니었잖아?'

자존심보다, 주위의 시선보다 먼저 생각했던 게 바로 팀의 승리였다.

슈퍼라운드에 들어와 2승 1패를 거둔 대한민국 대표 팀이 또 패한다면 결승 진출과 더불어 도쿄 올림픽 본선 진출권도 위태로워진다.

무엇보다 슈퍼라운드 3승 1패째인 멕시코가 앞서나가게 되며 이걸 역전하는 건 일본전을 승리하더라도 불가능하게 된다.

'게다가 오늘 지고 마지막 경기인 일본전에서 패한다면 동메달 결정전 자체가 불가능하게 된다.'

여러모로 오늘 경기를 잡아야 했다.

오늘 경기를 잡아낸다면 마지막 일본전을 패하더라도 멕시코와 3승 2패로 동률.

미국이나 대만이 다른 경기에서 영 좋지 않은 모습을 보인 만큼 멕시코와는 승자승 원칙으로 2위를 확정 짓게 된다.

"감독님."

지금이 분수령이다.

선수들의 사기가 떨어졌다면 그걸 끌어올려야 한다.

격려로 되지 않는다면 기꺼이 악역이라도 도맡아야 했다.

"무슨 일이냐?"

"저를 타자로 출전시켜 주십시오."

이상진은 평소와 전혀 다른, 감정 한 점 담기지 않은 차가운 눈으로 공수 교대를 하는 타자들을 바라보며 들으라는 듯 큰 소리로 말했다.

"찬스를 국밥 말아 먹듯 말아먹는 사람들보다 제가 더 훨씬 잘 칠 것 같습니다."

국가대표팀에는 대한민국 최고의 선수들만 모여 있다.
그만큼 프라이드가 어마어마했다.
그런데 그들의 자존심을 긁어 놓았으니 엄청난 반발이 돌아왔다.
"야! 이상진!"
대표 팀 4번 타자 박경호는 단번에 이상진의 멱살을 틀어쥐었다.
멱살을 잡힌 이상진은 오히려 박경호의 손목을 움켜쥐며 똑바로 노려봤다.
"타율을 보고 할 말이 있나요?"
"그래도 할 말이 있고, 하지 말아야 할 말이 있어!"
"그럼 하지 못하게 해 주시죠. 솔직하게 말해서 지금 우리가 국가대표팀입니까? 아니면 어디 사회인 야구단입니까?"
"뭐라고? 지금 말 다 했어?"
일단 하기로 했으면 끝까지 해낸다.
독설을 시작한 상진의 입에서는 노련한 김경달 감독까지 아연실색할 정도의 말이 튀어나왔다.
"2할도 못 치는 타자가 어디서 입을 엽니까! 다섯 번 나가면 한 번이라도 칠까 말까 한 타자가 국가 대표 4번 타자라니! 염치가 있으면 안타라도 하나 더 치십시오!"
"이 새끼가!"
얼굴이 시뻘겋게 달아오른 박경호는 주먹을 꽉 움켜쥐었다.
그때 양희재가 중간에 끼어들어 둘 사이를 일단 말리며 소리

쳤다.

"상진아! 타격 페이스가 좋지 않아서 이러는 건 너도 알잖냐!"

"알긴 압니다! 그래서 오늘 또 지라는 겁니까? 다들 지고 싶어요? 지고 싶어서 여기까지 왔어요? 대만도 모자라서 멕시코한테도 빌빌대다가 돌아가고 싶어요?"

차갑고 싸늘한 말이 선수단 전원의 가슴에 비수처럼 꽂혔다.

얼굴이 시뻘겋게 변한 박경호는 물론 아직 어린 선수들에게도 방금 전의 말은 너무 무시무시했다.

"지금까지 몇 경기를 했는데도 합쳐서 홈런이 하나밖에 안 되는 중심 타선."

김재욱과 박경호, 양희재는 움찔하면서 고개를 돌렸다.

자존심이 상해서 욱했을 뿐.

그들도 이상진이 하는 말이 틀리지 않았음을 알고 있었다.

다만 인정하고 싶지 않았을 뿐.

"대만전에 털리고도 데이터는 물론 타자를 상대하는 게 너무 주먹구구식으로 달려드는 투수진."

그 말에 오늘 홈런을 맞고 강판된 선발 박정훈을 비롯해서 불펜 투수들도 이상진을 외면했다.

이상진은 그들을 불편하게 만들었다.

팀워크를 생각해서라도 해서는 안 될 말이었다.

하지만 그들을 불편하게 만드는 그의 말 한마디 한마디는 전부 사실이었다.

"아직도 정신을 못 차립니까? 그러니까 내가 나가서 쳐도 물 먹은 타자들보다 더 잘 친다는 소리를 할 수 있는 겁니다!"

이상진의 목소리에 분노가 섞이기 시작했다.

평소에도 차분하고 조용조용하며 가끔은 유머러스하기도 했다.

선수들과는 토론하기를 즐기고 타인에게 스스럼없이 다가가는 성격이었다.

그런 그가 분노하자 다들 조용해졌다.

"제가 지금 한 말을 취소하게 만들고 싶으면 당장 나가서 안타 하나라도 치고 오십시오. 이번 대회에서 우승한다면 지금 한 말? 백 번이고 천 번이고 취소하겠습니다."

*　　　*　　　*

사실 오늘도 일본인 심판의 깐깐한 판정도 한몫했다.

하지만 제멋대로인 스트라이크존에 골머리를 앓은 건 한국 선발 박정훈만이 아니었다.

"포볼!"

시작은 김연수였다.

높은 공을 잘 골라내며 볼넷을 얻어 내 출루한 데 이어, 교체된 펠리페 곤잘레스가 또다시 볼넷을 내주며 양희재까지 출루시켰다.

이어서 타석에 선 건 인천 드래곤즈의 최자석이었다.

'아직도 정신을 못 차립니까? 그러니까 내가 나가서 쳐도 물먹은 타자들보다 더 잘친다는 소리를 할 수 있는 겁니다!'

아까 이상진에게 들었던 말에 최자석은 어깨를 으쓱할 뿐이었다.

그는 생각보다 자신에 대해 냉정하게 평가하고 있었으며 찬스가 오면 붙잡을 자신도 있었다.

다만 이번 대회에서 주전 3루수인 허정민의 백업 선수로 뛰게 되어 제대로 된 기회가 주어지지는 않았다.

'이번에는 쳐 낸다.'

펠리페 곤잘레스는 며칠 전에도 불펜으로 등판해서 던졌었다.

멕시코 국가대표팀이 벌 때 야구를 하면서 불펜 투수들의 피로도가 가중된 만큼 펠리페 역시 오늘 불안한 모습을 보여주고 있었다.

"파울!"

커트를 하고 볼을 걸러 내면서 끈질기게 승부하니 어느덧 풀카운트까지 변해 있었다.

최자석은 공 하나하나를 끝까지 지켜보며 펠리페가 실수하기만을 기다렸다.

그의 배트가 일곱 번째 날아오는 공을 향해 맹렬한 기세로 회전했다.

'제구가 되지 않으면 처맞아야지!'

—7구 바깥쪽으로 가는 공을 잡아당깁니다!

—김연수! 3루에서 멈춰 섭니다! 최자석의 안타!

—무사 만루가 만들어집니다!

1루에 안착한 최자석은 문득 이상진의 자극이 도움이 됐다는 생각이 들었다.

그리고 이내 고개를 흔들며 그런 생각을 지웠다.

자존심을 자극했다고 갑자기 잘한다니.

그걸 인정하면 너무 어린애 같았다.

'그래도 아예 효과가 없다고는 할 수 없지.'

이상진과 충돌이 있고 5회 말에 들어와서 선수들은 보다 신중해졌다.

쉽게 배트가 나가는 일도 없어졌고 공을 조금 더 지켜보며 끈질기게 승부를 가져갔다.

그렇게 얻어 낸 볼넷 두 개와 안타 하나였다.

"볼!"

게다가 멕시코 투수들의 제구 난조가 이어지기 시작했다.

인정하기는 싫지만 이상진의 독설을 듣고 자극받은 선수들이 조금씩 눈을 뜨기 시작했다.

*　　　*　　　*

5회 말에 대거 7점을 뽑아낸 대한민국 대표 팀은 단숨에 기세가 올라왔다.

하지만 공격을 끝내고 더그아웃에 돌아와 팔짱을 끼고 앉아 있는 이상진을 발견하자 차갑게 식었다.

"불만 있냐?"

"아뇨. 없습니다. 아까 했던 말은 취소하도록 하죠. 죄송합니다."

순순히 아까 했던 말을 취소하자 윽박지르려던 타자들이 오히려 당황했다.

자존심에서라도 아까 했던 말을 취소하기보다 비웃으며 또다시 도발하리라 생각했었다.

그런데 이상진은 순순히 자신이 했던 말을 취소하며 사과까지 했다.

혼란스러워하는 가운데 김경달 감독이 슥 끼어들었다.

"자, 아직 경기는 남아 있다. 점수를 냈으면 지켜야 하겠지. 그런데 타자들. 설마하니 7점 냈다고 나머지는 대충하려는 건 아니겠지?"

"아닙니다!"

"그럼 수비하러 나가라. 그리고 돌아와서 6회 말에도 열심히 쳐 봐."

감독의 말에 타자들은 전부 수비를 위해 장비를 챙겨 그라운드로 나갔다.

그리고 이상진은 자신에게 손짓을 하는 김경달 감독에게 다가갔다.

"한현덕 감독한테 들은 대로구나."

"뭐라고 들으셨습니까?"

"알아서 잘하는 놈이니 안 건드려도 팀에 도움 되는 일을 할 거라고 했지."

이상진은 한국에서 지금 경기를 보고 있을 한현덕을 떠올리며 빙그레 웃었다.

"그래도 이번에는 조금 심했다."

"상관없습니다. 자극을 받았다면 다행이겠죠."

"네 이미지를 희생해 가면서 얻을 만한 수확이었더냐?"

"물론입니다. 제 이미지와 오늘 경기의 승리. 그리고 앞으로 이어질 일정을 생각한다면 이 정도는 아무것도 아니죠."

김경달 감독은 헛웃음을 터뜨리며 고개를 끄덕였다.

오로지 승리를 추구하는 투수.

하지만 팀워크를 망가뜨릴지도 모르는 것과 달리 사과할 때는 확실하게 사과하며 오히려 다른 선수를 머쓱하게 만드는 선수였다.

"너는 나중에 코치를 해도 잘 해낼 것 같구나."

"과한 칭찬이십니다. 그리고 제가 코치를 하려면 아직도 10년은 남아 있는걸요."

"40살까지 해먹을 생각인가 보구나. 욕심이 너무 많아."

이상진은 별다른 대답 없이 그저 웃었다.

기량이 하락하면 하락할수록 은퇴 압박은 점점 더 거세진다.

특히 에이징 커브가 오는 서른다섯이나 여섯쯤에는 더더욱 심해진다.

그걸 이겨내고 철저한 자기 관리를 통해 기량 하락을 최소화한 선수들만이 오랜 세월 동안 선수 생활을 이어 나갈 수 있다.

"그래도 저는 늘 그렇듯 해 볼 수 있을 때까지 해 볼 생각입니다."

하지만 이상진은 언제나 그렇듯 실력으로 모든 걸 생각하고 있었다.

"실력이 떨어지면 은퇴해야죠. 그건 당연한 일 아닐까요?"

*　　　*　　　*

9회 초 강동 챔피언스의 조성우가 마무리를 짓기 위해 등판했다.

점수는 이미 9 대 3으로 한국이 한참이나 리드하고 있었다.

하지만 조성우는 조금 전 더그아웃에서 나가기 전 이상진이 한 말을 떠올리고 있었다.

'멕시코는 미국 대표 팀을 8 대 2로 이겼어. 결코 얕볼 전력이 아니고 단번에 대량 득점을 할 능력도 있어. 얕보지 말고 찍어 누를 수 있을 때 눌러야 해.'

점수가 매우 유리했기 때문에 아주 약간 방심하고 있던 성우의 마음을 제대로 짚어 냈다.

시합 중반부터 벌어진 사건을 아직 잊지 않은 성우는 방심하지 않고 그립을 쥐었다.

'야구는 9회 말 투아웃부터다.'

야구계에서 유명한 격언을 떠올리면서 성우는 공을 던졌다.

공 하나하나에 집중해서 던지니 스트라이크 콜이 올라왔다.

그리고 마지막으로 던진 공이 포수의 미트 안에 경쾌하게 꽂힌 순간 올려다본 도쿄돔 스타디움의 천장이 왠지 눈부셨다.

"스트라이크! 아웃!"

—스윙 아웃! 대한민국이 도쿄 올림픽 본선 진출을 확정 짓습니다!

—내일 이어질 일본전 승패와 관계없이 2위를 확정짓고 결승에 진출합니다!

—베이징 올림픽에 이어서 12년 만에 도쿄 올림픽에서도 금메달을 쟁취해 낼 수 있을 것인가!

* * *

「대한민국 야구 국가대표팀, 멕시코 꺾고 본선 진출 확정」

「도쿄 올림픽 본선 티켓 확보, 김경달 감독의 결승 구상은?」

「이제는 일본! 프리미어 12 대회 2연패를 노린다!」

대만전에서 패했던 여론은 멕시코전 대승으로 바로 뒤집혔다. 무엇보다 결승에 진출했다는 점이 의미하는 바가 컸다.

"다들 알다시피 내일은 일본전이다. 하지만 내일 일본전에는 선수 명단을 대거 교체한다."

올바른 판단이었다.

그동안 대표 팀은 거의 획일화된 명단으로 경기를 꾸려 나갔다.

이쯤에서 주전 선수들의 체력을 온존하기 위해서 쉬어 줄 필요가 있었다.

"일본도 마찬가지로 힘을 빼겠죠."

선수들의 의견도 똑같았다.

아무리 한일전이라고 해도 최종적으로 우승을 거머쥐지 않으면 의미가 없다.

최정상에 서야만 진정 이번 대회의 승자가 된다.

그리고 경기는 생각대로 흘러갔다.

한국과 일본은 모두 투수진의 힘을 빼고 경기에 임했다.

다만 일본은 타자 전력을 교체하지 않고 그대로 투입했다.

올해 투고타저로 극심한 타율 저하를 겪은 일본 리그 타자들이라고 해도 대표 팀에는 30홈런 이상을 친 타자가 4명이나 있었다.

게다가 3할 타자도 4명이나 있는 만큼 타자들에 대한 자부심이 강했다.

—2루에서 아웃! 1루에서도 아웃됩니다. 경기가 병살타로 종료

됩니다.

—대한민국 대표 팀이 아쉽게 8 대 10으로 패하고 맙니다.

—그래도 매우 팽팽한 경기였습니다. 양 팀이 서로 점수를 내며 치열한 경기를 이어 나갔습니다.

—다음 날 결승전이 있는 만큼, 내일 승부를 보면 됩니다.

한일전에서 패했다고 해도 그다지 큰 충격은 와닿지 않았다.

오늘은 예행 연습이고 내일이 제대로 된 승부라는 건 선수들 모두가 알고 있었다.

하지만 마음 한편이 불편한 건 어쩔 수 없었다.

"저 새끼들은 하여튼 질리지도 않고 저걸 꺼내 들어."

경기장 곳곳에서 과거 일본의 전쟁 범죄를 증명하는 깃발을 발견할 수 있었다.

대표 팀 코칭스태프와 직원들이 IOC 등을 통해 항의한다고는 했어도 이곳은 일본.

게다가 도쿄 올림픽은 일본이 개최하는 만큼 그런 게 제대로 통할 리 없었다.

대한민국 대표 팀이 할 수 있는 건 실력으로 찍어 누르는 것뿐이었다.

이윽고 내일 결승전을 치르기 전에 양 팀의 감독과 주장들이 나와 인터뷰를 진행했다.

서로 웃으면서 약간 자극적인 질문을 즐기던 그때, 한 기자가 일본 감독에게 질문을 던졌다.

"오늘 한국에게 승리했다고 해도 내일은 양 팀이 최대 전력으로 부딪칠 겁니다. 승부에 대해서 걱정되는 건 없으십니까?"

한국 대 일본.

전통의 라이벌전은 늘 박빙의 승부를 연출하곤 했다.

미리 보는 결승전이었던 오늘, 일본이 승리를 거두었어도 내일은 위험하지 않겠는가.

기자의 질문은 이런 뜻이었다.

하지만 일본의 이나바 아츠노리 감독은 피식 웃으면서 대수롭지 않다는 듯 대꾸했다.

"오늘 겪어 본 한국 투수들과 타자들 모두 일본 선수들에 비해 한 단계 아래에 있습니다. 우리가 이기지 못할 리가 없잖습니까?"

일본한테는
가위바위보도 지면 안 된다
VICTORY

결승전을 앞두고 들떴던 선수들의 분위기는 차분하게 가라앉았다.

인터뷰의 내용을 전해 들은 대한민국 대표 팀은 별다른 감정을 내비치지 않았다.

투수들은 섀도 피칭을 하며 폼을 점검하고 타자들은 배트를 휘두를 뿐이었다.

하지만 분노하지 않는 건 아니었다.

"빌어먹을. 뭐? 한 수 아래라고?"

변명의 여지는 없었다.

변명을 하고 화를 내 봤자 오늘 경기에서 패한 건 변함이 없다.

그렇다면 남은 건 갚아 주는 일뿐.

"생각보다 좋은 반응입니다."

"머리는 차갑게, 가슴은 뜨겁게. 지금 이 말이 딱 어울리는 모습이더군요."

코칭스태프들도 지금 같은 모습에 조금 놀라는 모습이었다.

그동안 대표 팀 선수들의 감정 기복은 심한 편이었다.

일본인 구심의 오심이나 경기에서 조금만 불리한 경우가 생겨도 바로바로 반응하곤 했었다.

그런데 오늘은 이상하리만큼 조용했다.

"이상진 때문이겠지."

"이상진이 어째서 말입니까?"

"별것 아니야."

사실 따지고 보면 김경달 감독의 말처럼 별것 아니었다.

선수들이 길길이 날뛸 때, 이상진은 그저 수건을 챙겨서 숙소 밖으로 나와 섀도 피칭을 시작했다.

스리쿼터와 사이드암, 언더핸드까지 꼼꼼하게 폼을 다잡는 상진의 모습을 보던 선수들도 불평불만을 멈추고 각자 장비를 챙겨 밖으로 나왔다.

그리고 지금처럼 다들 연습에 열중하기 시작했다.

"우승 투수가 될 만한 녀석이야. 내가 프로팀을 맡고 있었다면 FA로 100억쯤 주고 사 오지 않았을까."

FA로 100억이라는 이야기는 그냥 할 이야기가 아니었다.

게다가 지금은 공식 석상이 아니라, 코칭스태프들과 진지한 이야기를 하던 참이었다.

"사실 저 정도 투수는 100억도 저평가된 게 아닌가 싶네요."

이번에는 최일원 코치였다.

대표 팀 투수 코치를 맡고 있는 그마저도 이렇게 나오자 다른 코치들의 눈빛이 달라졌다.

"그 정도입니까?"

"사실 야구 선수로서의 최고 장점만 모아 놓은 투수가 아닐까요? 제구가 되면서 최고 155킬로미터까지 나오는 구속. 웬만한 타자는 건들지도 못하는 구위와 다양한 구종. 그리고 변칙적으로 사용할 수 있는 사이드암 투구 폼까지. 그런데 이거는 투수로서의 장점입니다."

앞에 떠놓은 물을 들이켠 그는 찰랑이는 물 잔을 물끄러미 바라보며 말을 이었다.

"아침 일찍 일어나서 누가 시키지도 않았는데도 운동장을 도는 습관. 언뜻 보면 대충인 것 같지만 체계적인 훈련 습관. 너무 많이 먹는 게 단점이긴 하지만 선수들을 윽박지르기도 하고 오늘처럼 솔선수범하면서 독려하는 리더십까지. 솔직히 감탄했습니다."

시즌 중에 자기 관리에 소홀해지는 선수들과 전혀 달랐다.

자기 자신의 몸 상태를 체크하는 걸 게을리하지 않고 꾸준히 운동하며 자신을 단련했다.

최고의 컨디션을 유지하려고 한다면 이상진을 보고 배우는 게 가장 빠를 정도였다.

최일원 코치가 아는 한도 내에서 이 정도의 자기 관리를 하는 선수는 한국 프로야구 역사에서도 쉽게 찾아보기 힘들었다.

"선수들이 다들 감화된 모양이군."

"그런 것 같습니다.

"좋은 현상이지만 그런 것만으로 일본 대표 팀을 쉽게 이길 수는 없어."

내일 선발은 이상진으로 결정된 지 오래였다.

아무리 힘을 빼고 경기에 임했다고 하지만 어제와 같은 꼴불견은 절대로 용납할 수 없었다.

반드시 승리하고 우승을 차지한 후 돌아가야 했다.

그것이 2019년을 마무리 짓고 내년에 있을 올림픽에 도전하는 것으로 이어진다.

*　　　　*　　　　*

일본전을 앞두고 선수들이 이상진을 보는 시선은 상당히 기묘했다.

지난번 멕시코전에서 뱉은 독설 때문에 좋지 않게 보는 선수들이 대부분이었다.

하지만 김연수나 양희재와 같이 고참급 선수들이 보는 시선은 조금 달랐다.

"이야, 긴장 같은 건 안 하나 보네?"

오늘도 적당한 곳에서 음식을 구해 와 입에 집어넣는 상진의 어깨를 두드린 희재는 맞은편에 앉았다.

"긴장요? 딱히 할 만한 마음이 안 들어서요."

"왜?"

"긴장할 만한 상대가 아니잖아요."

그 말에 희재는 웃음을 터뜨렸다.

상진은 어제 일본 감독이 했던 말을 가슴에 담아두고 있었다.

"너도 한 수 아래라는 말이 신경 쓰이나 보네."

"오늘 경기는 단숨에 찍어 누를 생각이에요."

"데이터는 충분하고?"

"당연하죠. 일본 프로야구는 마이너리그보다 더 많이 봤어요. 자료도 훨씬 많고. 투고타저라고 해도 타자들의 수준도 상당히 높았죠."

양희재와 함께 분석했던 일본 대표 팀의 전력은 놀라운 수준이었다.

투고타저임에도 30홈런 이상과 3할 이상을 기록한 타자들이 존재했다.

투수들도 1점대 2점대의 자책점을 기록한 선수들이 대다수였다.

"게다가 일본의 선발투수인 야마구치 슌은 올 시즌 26경기 15승 4패로 좋은 성적을 거둔 투수죠."

"센트럴리그 다승 1위, 승률 1위, 탈삼진 1위에 올라 투수 부문 3관왕을 차지했고, 평균 자책점 부문에서도 3위였지. 결코 무시하지 못할 수준의 투수야.”

“늦게나마 재능이 만개한 유형이지. 구속은 너보다 조금 더 나올 거다.”

야마구치 슌은 최고 구속 157킬로미터까지 기록했었다.

빠르고 위력적인 패스트볼에 슬라이더가 주무기였고, 거기에 포크볼과 커브를 섞어서 던진다.

한국 타자들이 쉽게 공략할 상대는 아니다.

“탈삼진이 많긴 해도 상관없어요. 알잖아요?”

“패턴이 생각보다 단조로우니까.”

“타자들은 그거만 잘 공략하면 되겠죠. 문제는 타자인데.”

데이터는 수도 없이 많았다.

다만 그걸 경기 중에 얼마나 신경 쓰고 반영할 수 있을 것인가.

이상진은 거기에 승패가 걸려 있음을 이미 알고 있었다.

“1번 타자인 야마다 테츠토부터 다시 한번 분석해 볼까요?”

* * *

대한민국 대 일본의 결승전.

어제 경기에서 한국이 패하는 바람에 홈팀은 일본이 되었다.

하지만 홈이나 원정이나 상진에게는 큰 의미가 없었다.

오히려 더 좋은 방향으로 경기가 흘러가 버렸다.

—대한민국이 1회에 3점을 내며 경기를 유리하게 시작합니다!

—일본의 선발투수 야마구치 선수를 상대로 3점이나 냈습니다!

—이제 대한민국 최고의 선발투수 이상진이 등판합니다.

오늘 경기를 맞이해서 타석에 선 야마다 테츠토는 자신만만하게 한국인 투수를 바라봤다.

그는 현재 일본 프로야구에서 뛰는 야수들 중 메이저리그 진출을 노리고 있는 몇 안 되는 선수였다.

50미터를 5.8초에 주파하는 주력과 150킬로미터는 가볍게 넘는 배트 스피드를 자랑했다.

그렇다고 해서 감독의 지시를 무시하지도 않았다.

'한국 투수들 중 가장 경계해야 할 상대다. 올해 노히트노런과 퍼펙트게임을 한 번씩 해 본 투수지. 투심 패스트볼이 특히 위력적이며, 다양한 구종과 함께 사이드암 투구도 섞으니 주의해야 한다.'

한국에서 일본 선수들에 대해 얻을 수 있는 양의 데이터만큼 일본에서도 한국 선수들에 대해 알아낼 수 있었다.

아무리 뛰어난 투수라고 해도 데이터는 충분했다.

그렇게 생각했을 텐데.

"스트라이크!"

초구를 헛스윙한 야마다의 눈썹이 일그러졌다.

바깥쪽으로 휘어지는 슬라이더는 일본 프로야구에서도 수준급으로 칠 만큼 날카로웠다.

'데이터 이상인데.'

올해 이상진은 일본 야구계에서도 화제였다.

바로 옆나라다 보니 신경을 쓰기도 했고, 퍼펙트게임을 달성했다기에 개인적인 관심도 가졌었다.

그런데 영상으로 보는 것과 타석에서 마주한 것과는 차이가 컸다.

"파울!"

도쿄 야구르트 스왈로즈의 자존심이자 센트럴 리그 최고라고 불리는 자신이었다.

하지만 단 2구만에 카운트가 몰려 버렸다.

처음에는 변화구에 속고 두 번째는 구위에 밀렸다.

마지막은 어떻게 될 것인가.

날아오는 공을 보며 야마다가 이를 악물었다.

"스트라이크! 타자 아웃!"

3구째는 높이 들어오는 하이 패스트볼이었다.

낮은 공으로 시선을 낮춘 다음 높은 공으로 스트라이크를 잡는 단순한 패턴.

하지만 기존에 이상진이 보여 주었던 기묘하고 복잡한 패턴을 생각하던 야마다는 고스란히 당해 버렸다.

"젠장!"

그걸 지켜보고 있던 이나바 감독의 얼굴도 함께 일그러졌다.

'생각보다 뛰어난 투수군.'

오늘이 마지막 경기인 만큼 선발인 야마구치를 재빠르게 교체하며 다음 수를 노렸다.

하지만 이미 3점을 내준 상태에서 맞이한 투수가 저렇게 위력적일 줄은 미처 몰랐다.

수집된 데이터 그 이상이었다.

'올해 한국 야구도 투고타저라고 해서 좀 얕봤는데, 실수였다.'

1점을 내기도 힘들 것 같다는 예감이 들었다.

먼저 내준 3점이 이렇게 뼈아프게 느껴지는 건 감독하면서 처음인 듯싶었다.

그렇다고 1회부터 포기할 수는 없었다.

"리그에서 투심을 주 무기로 썼다고 한다. 패스트볼은 높게 들어오는 걸 주의하고 변화구가 들어온다고 생각하면 투심이나 슬라이더로 생각해라."

2번 타자로 출전하는 사카모토 하야토는 감독의 지시에 고개를 끄덕였다.

하지만 그에 대한 데이터도 이미 이상진의 머릿속에 입력된 지 오래였다.

공격적인 패턴으로 던지는 투수였기에 초구부터 노렸던 그는 초구를 당겨 봤음에도 파울이 되자 눈에 띄게 당황했다.

'이게 파울이 돼?'

워낙 당겨 치기를 좋아했기에 바깥쪽 변화구조차도 당겨 치던 그였다.

그리고 방금 들어온 공은 당겨 치기에 너무 좋은 코스로 날아왔다.

그런데 자신 있게 당겨 친 공이 3루 파울라인을 벗어나 관중석으로 떨어졌다.

'우연이겠지.'

정말 자신 있는 코스로 들어와서 자신 있게 당겨 쳤는데 파울이 됐다.

그걸 전혀 믿을 수 없었던 사카모토는 이를 악물고 다음 공을 기다렸다.

그리고 바깥쪽으로 휘어져 나가는 슬라이더인 걸 간파하자마자 배트를 휘둘렀다.

"파울!"

"이런 미친!"

슬라이더가 생각보다 훨씬 더 휘어지며 다시 한번 파울라인 밖으로 튕겨져 나갔다.

1루수가 잡지 못해서 파울이 되긴 했다.

하지만 사카모토의 얼굴은 흙빛이 됐다.

'유인당했나?'

너무 당연하다는 듯 공 두 개로 투 스트라이크를 만들었다.

스트라이크존을 두 번 통과하든 파울을 두 번 만들든 카운트가 몰렸다는 사실만큼은 변함없었다.

어느새 세 번째로 던진 공이 사이드암으로 날아왔다.

전혀 생각하지 못했던 사이드암 투구에 당황한 사카모토의 배트는 허공을 갈랐다.

"스트라이크! 타자 아웃!"

*　　　*　　　*

이닝을 거듭하면 거듭할수록 일본 대표 팀 더그아웃의 분위기는 점점 가라앉았다.

타순이 한 번 돌고 두 번째가 도는 5회가 되어서도 일본 국가대표팀의 타자들은 아무것도 하지 못하고 헛스윙을 반복하거나 뜬공을 치기 일쑤였다.

그나마 6회가 되어 볼넷을 하나 빼앗기는 했어도 표정은 썩 좋지 않았다.

급기야 9번 타자인 기쿠치 료스케가 기습 번트로 1루를 노려봤지만, 그것마저 예상했다는 듯 앞으로 대시한 이상진이 막아 냈다.

빈틈조차 찾아볼 수 없는 완벽한 투구에 시간만 지날 뿐.

일본 대표 팀이 할 수 있는 건 아무것도 없었다.

"이대로 끝낼 거냐? 어?"

타자들을 독려해 보기도 하고, 윽박질러 보기도 했다.

하지만 이나바 아츠노리 감독이 아무리 선수들의 사기를 올려 보려고 해도 이미 흔들린 멘탈은 쉽게 돌아오지 않았다.

"저걸 어떻게 치냐고."

과거 오타니 쇼헤이가 일본에 있을 때, 그것도 긁히는 날에 이런 느낌을 받았었다.

그 누구도 건드릴 수 없을 듯한 무시무시한 공에서 공포까지 느꼈었다.

그걸 오늘 이웃나라이자 라이벌 국가의 투수에게서 또다시 느낄 줄은 상상도 못했다.

"오늘은 도쿄돔. 게다가 만원 관중이 들어섰다. 응원해 주러 온 관중들에게 추태를 보여 줄 거냐! 6회까지 노히트노런이라니!"

이나바 감독의 외침은 절규와도 같았다.

"당장 저 불쾌한 전광판을 갈아치우고 와!"

"흐흐흥, 흐흥~♬"

양희재는 더그아웃에서 나가려다가 문득 들려온 콧노래에 식겁했다.

진지해도 모자를 판에 대체 콧노래를 부르고 있는 사람이 누구일까 궁금해서 고개를 돌린 그는 이내 폭소했다.

범인은 6회까지 노히트노런을 달성하며 일본 대표 팀을 짓밟고 있는 오늘의 선발투수.

이상진이었다.

"아주 여유가 철철 넘치는구나."

"자고로 자존심 높은 놈의 콧대를 부러뜨려 놓는 건 재밌는 법이니까요."

"네가 어째서 그런 투수가 됐는지 이제 이해가 된다. 재환이도 고생이 많았겠네."

"무슨 고생을 해요?"

희재는 대꾸하지 않고 그냥 미소만 지었다.

타자를 괴롭히고 짓누르고 잡아먹는다.

투수로서의 기술이나 선수로의 마음가짐뿐만이 아니라 야구 선수로 대성할 만한 자질까지 갖추고 있었다.

그것도 아주 고약한 성격으로 말이다.

"그런데 7회부터는 어떻게 할 거냐? 노히트라도 깨려고 난리를 칠 텐데."

"별 수 있나요? 가던 대로 가야지. 그리고 저쪽은 아직 주전 선수를 교체하지 않았어요."

일본 대표 팀의 이나바 감독은 투수는 이닝마다 한 명씩 교체하다시피 했다.

그러면서도 타자들은 꾸준하게 밀고 나가고 있었다.

벌 떼 야구를 통해 한국 대표 팀의 타선을 봉쇄하면서도 타선은 밀고 나가겠다는 뜻이었다.

"저쪽 감독은 참 신기하네요. 투수 교체하는 걸 보면 조급증이 있는 것 같기도 하고, 타자 기용하는 걸 보면 믿음의 야구인 것 같기도 하고."

"상황에 맞춰서 작전을 내는 걸 보면 지략가 같기도 하지."

"하지만 저한테는 안 돼죠."

희재는 다시 웃음을 터뜨렸고 수비하러 나갈 준비를 마친 선수들도 웃었다.

어느 때는 독선적이고 팀워크를 해치는 듯하기도 했다.

어느 때는 무모하기까지 해 보였다.

하지만 언제나 자신만만하면서 팀원들을 독려하는 모습은 듬직하기도 했다.

"그래. 너한테는 안 되겠지. 그래서 노히트노런이 목표냐?"

"오늘 목표는 승리지, 노히트노런은 아니에요."

"그러면? 중간에 포기하게?"

"그것도 아니죠."

이상진은 모자를 고쳐 쓰면서 씩 웃었다.

"일본 놈들을 상대하면서 노히트노런은 당연한 건데, 포기하고 자시고 할 게 있어요?"

자신만만하게 마운드에 선 상진은 일본 타자들의 자세를 보고 바로 상황을 파악했다.

조금 전에 양희재가 이야기한 대로 노히트를 깨려고 배트를 짧게 잡았다.

개개인의 성향은 바꾸지 못하겠지만 적어도 안타를 치고 출루하려는 의지만큼은 확고했다.

[상대방의 포식 포인트가 표시됩니다.]

[타자의 포인트는 114입니다.]

'그래도 상황은 바뀌지 않아.'

힘차게 휘두른 팔에서 뻗어 나간 공은 스트라이크존 정중앙을 향해 날아갔다.

이상진은 바로 직전인 6회까지 변화구 위주로 승부했었다.

그래서 변화구에 대비했던 타자는 설마하니 정중앙으로 날아오리라 생각하지 못했다.

156킬로미터의 패스트볼.

타이밍을 놓치고 황급히 휘두른 배트에 맞을 리가 없었다.

"스트라이크!"

언제나 들어도 기분 좋은 소리에 상진은 씩 웃었다.

오늘 구심은 일본의 눈치를 보는 건지 스트라이크존이 무척 좁았다.

게다가 들쑥날쑥해서 쉽게 적응할 수도 없었다.

하지만 변하지 않는 것도 있다.

"파울!"

파울과 헛스윙은 절대 심판이 어찌할 수 없다.

아무리 심판이 경기를 지배한다고 해도 이것만큼은 바꿀 수 없는 규칙이다.

'일본을 우승시키려고 별 수단을 다 쓰는데.'

"아웃!"

뜬공으로 아웃된 일본 대표 팀 타자가 더그아웃으로 돌아갔다.

이상진은 그 뒷모습을 바라보며 이를 드러내고 웃었다.

'할 수 있으면 해 보라지.'

"볼!"

제대로 스트라이크존에 들어가도 볼로 잡아 주는 경우가 너무 많았다.

일본 대표 팀 선수들마저도 애매한 공은 기다렸다.

하지만 그들은 프로야구 선수다.

“아웃!”

자신이 좋아하는 코스로 좋아하는 구종의 공이 들어오면 어쩔 수 없이 배트가 나오게 된다.

이건 타자의 본성이었고, 선수 개인이 어쩔 수 없는 본능의 영역이었다.

그리고 이상진은 그런 심리전을 극도로 즐기는 선수였다.

“스트라이크! 타자 아웃!”

큰 헛스윙으로 물러나는 타자를 보며 이상진은 전광판을 바라봤다.

점수는 3 대 0으로 고정되어 있었다.

하지만 일본 쪽의 전광판은 볼넷으로 내준 걸 제외하면 오로지 0으로만 점철되어 있었다.

“젠장. 볼넷을 내준 게 아깝네.”

누가 들었으면 욕을 바가지로 얻어먹었을지 모르는 이상진만의 후회였다.

* * *

“스트라이크! 타자 아웃!”

8회까지 단 한 번의 안타도 치지 못했다.

도쿄 돔에 모인 일본 관중들의 야유는 점점 더 거세졌고 머리 위에서는 웅성거리는 게 느껴질 정도였다.

"허허."

일본 대표 팀의 이나바 감독은 허탈한 웃음을 터뜨리며 전광판을 올려다봤다.

8회 말 공격이 끝났음에도 전광판은 뒤바뀌지 않았다.

얻어낸 건 고작 볼넷 2개와 내야수 실책 덕분에 얻어낸 출루까지 총 3번의 출루뿐이었다.

"나는 이번 대표 팀을 꾸리면서 우승을 자신했다."

30홈런을 넘긴 타자가 넷에 3할 타율을 넘긴 타자들도 있었다.

메이저리그에 진출한 선수들이 참가하지 못했다고 해도 이들 역시 일본 프로야구에서 쟁쟁한 실력을 자랑하는 선수들이다.

마이너리그나 한국의 선수들에게 우위에 있을 거라 생각했었다.

"그런데 지금의 추태는 뭐냐?"

꿈이 박살 나고 있었다.

2017년 APBC(아시아 프로야구 챔피언십)에서 우승을 차지하며 감독으로서 시작했다.

미국과 일본 야구 올스타전에서도 5승 1패를 거두면서 국가대표팀의 구성도 알차게 해냈다.

오로지 탄탄대로가 뚫려 있다고 자신했고 프리미어 12에서도 우승을 자신했다.

비록 선수 선발에서 잡음이 있기는 해도 그에게는 믿음이 있었다.

자신이 믿어 주었던 타구치나 이마나가 쇼타는 좋은 모습을 보여 주었다.

야마사키 야스아키 역시 인상적인 활약을 펼치며 그의 선택이 옳았음을 증명해 주었다.

바로 한국과의 경기 직전까지.

"내가 미친 거냐? 지금 이건 꿈인 거냐? 대답을 좀 해 보라는 거다!"

그 말에 대답한 건 일본 대표 팀 선수들이 아니었다.

황급히 고개를 돌려 그라운드를 바라봤다.

9회 초 한국 타선을 막기 위해 등판한 야마사키 야스아키가 머리를 감싸 쥐며 괴로워하는 모습이 보였다.

"공은?"

굳이 공을 찾을 필요는 없었다.

주먹을 불끈 쥐고 베이스를 돌고 있는 대한민국의 타자가 그걸 증명해 주고 있었다.

9회 초에 올라간 점수는 2점.

이것으로 5 대 0이 만들어졌다.

"불펜은 준비하고 있나?"

"아직입니다. 한국 쪽 불펜은 아예 준비조차 하지 않고 있습니다."

"얕보고 있군!"

이나바 감독은 이를 벅벅 갈면서 분을 토해 냈다.

아무리 투구 수 제한이 없다고 해도, 투수를 교체하지 않는다는 건 이쪽을 얕봤다는 말과도 같았다.

무엇보다 벌 떼 야구로 대한민국 타선을 봉쇄한 자신을 비웃는 듯한 행동이었다.

"9회 말에 반드시 역전한다! 우리는 한 이닝에 10점이고 20점이고 뽑아낼 수 있어! 이제 저 투수의 공에 눈이 익었을 테니 죽을 각오를 하고 친다!"

이대로 일본 대표 팀의 심장이라는 도쿄 돔에서 패할 수는 없었다.

이 경기에서 패한다면 감독직이 위태로운 건 둘째치더라도 쏟아질 언론의 비난이 너무나도 두려웠다.

*　　*　　*

"9회에도 올라갈 거냐?"

"당연하지 않습니까?"

국제대회에서 노히트노런을 기록한다.

이것만 한 대기록도 따로 없었다.

물론 김경달 감독도 그냥 해 본 말이었다.

불펜에 대기하고 있는 투수는 단 하나도 없었다.

이상진에 대한 믿음과 더불어 대기록을 세우게 도와주겠다는 무언의 선언이었다.

그리고 선수들도 선망의 눈길로 이상진을 바라보고 있었다.

국제대회에서, 그것도 일본을 상대로 노히트노런.

여태까지 대한민국의 투수 그 누구도 달성하지 못한 대기록이 만들어진다.

그 순간을 눈으로 목격할 수 있다는 게 너무나도 감격적이었다.

"위태롭다 싶으면 바로 내릴 거다."

"저희 감독님하고 똑같은 말씀을 하시는군요."

늘 그렇지만 위태로워져 실점의 위기일 때 두 가지 방법이 있다.

믿고서 끝까지 가는 것과 강판시키고 다른 투수를 투입하는 것.

이건 감독으로서 당연히 해야 할 일이었다.

"똑같아?"

"예. 그리고 제가 늘 하는 말이 있죠."

상진의 입꼬리가 슬쩍 올라갔다.

"안타를 하나라도 내주면 강판시키시지 않으셔도 저 스스로 내려오겠습니다."

김경달 감독은 감탄하면서 고개를 끄덕였다.

저 정도로 자신의 실력에 대해 확신하고 또 자신 있어 하는 투수는 정말 오랜만이었다.

과거 전설로 남은 선수들조차도 저렇게 확고한 자신감을 가진 선수는 몇 없었다.

"안 지쳤냐?"

"제가 지쳐 보여요?"

8회를 끝으로 이제 막 100구를 넘겼던 참이었다.

체력적으로 이미 갈고 닦은 지 오래였기에 지쳤을 리 없었다.

오히려 아직도 힘이 넘쳤다.

"하긴, 8회 말에도 150킬로미터로 던졌으니 지쳤다고 보기도 힘드네. 그래도 저쪽을 보니 마지막까지 방심하면 안 될 것 같다."

"그거야 당연한 거죠. 마지막까지 방심하는 선수가 어디에 있어요?"

이렇게 말하며 마운드로 향하는 상진의 뒷모습을 보며 희재는 피식 웃었다.

'방심하지 않고 마지막까지 던지는 선수가 더 많다, 이 자식아.'

희재도 강남 그리즐리에서 우승을 몇 번이나 해 봤고 창원 다이노스에 이적하면서 숱한 투수들을 봐 왔다.

아니, 투수들만이 아니라 타자들도 마찬가지였다.

그들은 경기가 유리하게 진행되면 마음을 놓았고 그러다가 경기가 뒤집어지게 되면 허둥거리다가 자멸했다.

"뭐 합니까? 나가 봐야죠. 더그아웃에 꿀이라도 발라 놨어요?"

상진은 어서 나머지 타자들을 잡아먹고 포인트를 얻고 싶은 마음에 희재를 재촉했다.

포수 마스크를 들어 올린 희재는 피식 웃으며 대꾸했다.

“꿀은 안 발라 놨는데, 먹을 걸 좀 숨겨 놨지.”

“어? 뭐 맛있는 겁니까?”

“먹을 것만 보이지? 네가 먹다 남긴 게 워낙 많아서 한두 개씩 먹어도 모르더라.”

“이런 씁. 내 거에 손대지 마십시오.”

투덜거리며 마운드로 올라갔다.

9회에 등판하니 마운드 위의 플레이트는 온통 흙투성이가 되어 있었다.

로진백을 만지며 발로 플레이트 위에 남은 흙을 털어 냈다.

“그러면 이제 남은 건 셋뿐인가?”

1번 타자로 올라온 야마다 테츠토를 바라보며 상진은 이를 드러냈다.

두 번째에도 세 번째에도 맥없이 물러난 야마다가 네 번째에는 과연 칠 수 있을 것인가.

그럴 리 없었다.

‘심판만 아니었으면 볼넷을 두 개나 내주는 일도 없었다. 이 빌어먹을 쪽발이 놈들아.’

9회가 되어도, 100구가 넘어도 이상진의 공은 여전히 빠르고 위력적이며 날카로웠다.

사이드암으로 던져진 포심 패스트볼은 위로 솟구치며 높게 꽂혔다.

"스, 스트라이크!"

표정이 일그러진다.

입술을 꽉 깨물고 다음 공을 쳐 내겠다는 의지를 온몸에서 뿜어낸다.

이상진은 타자의 굳은 결의를 느끼면서 공을 움켜쥐었다.

'그러니까 난 그런 걸 깨부수는 걸 좋아한다고!'

9회를 끝내는 데 필요했던 공은 단 13개.

일본이 자랑하는 1, 2, 3번 선두 타자들은 아무것도 하지 못했다.

그저 허공에 배트를 휘두르거나 파울을 만들고 아웃을 내주는 것뿐.

—WBSC 프리미어 12! 대망의 결승전에서 대한민국이 일본을 5 대 0으로 꺾고 우승을 차지합니다!

—오늘 승리의 주역은 9회까지 일본 야구 국가대표팀을 노히트노런으로 틀어막은 이상진!

—자랑스럽습니다! 대한의 건아! 대한민국 야구 국가대표팀을 한 수 아래로 취급하던 일본의 콧대를 이상진이 꺾었습니다!

일본의 심장이라는 도쿄 돔 스타디움.

한 수 아래라는 굴욕적인 취급을 받았던 국가대표팀의 에이스 이상진은, 그곳에 노히트노런이라는 비수를 꽂았다.

「대한민국 대표 팀, 일본 꺾고 프리미어 12 우승」

「이상진의 노히트노런이 일본의 심장을 꿰뚫었다」

「올 한해에만 두 번의 노히트노런, 과연 우연인가?」

「정민우 단장, 이상진의 미국 진출은 충분히 가능성 있다」

일본의 심장인 도쿄돔에서 노히트노런을 기록하며 프리미어 12 대회 우승을 차지했다.

2017년 대회에 이은 2연패에 일본은 망연자실했고, 한국 야구팬들은 축제 분위기였다.

우승 감독으로서 기자회견장에 나온 김경달 감독은 쓴웃음을 지었다.

사방에서 터지는 플래시 세례와 더불어 웅성거리는 기자들은 어제까지만 해도 일본 대표 팀을 위해 모였었다.

하지만 오늘은 오로지 대한민국 야구 국가대표팀, 더 나아가 자신과 함께 이번 대회 MVP로 뽑힌 이상진을 위한 자리였다.

"우승 소감 부탁드립니다, 김경달 감독님."

"흐음, 흠! 먼저 이 자리에 모여 주신 기자분들께 감사드립니다. 이번 대회에서 우승할 수 있어서 무척이나 기쁩니다. 선수들이 투타 모두 고르게 활약해 줘서 우승할 수 있었습니다."

"오늘 경기에서 특별히 어려운 점은 없으셨나요?"

"특별히 없었다고 생각합니다. 상대를 얕보지 않고 방심하지 않으며 최선을 다해 경기를 해서 어렵다기보다는 무난한 경기였다고 생각합니다."

한국 대표 팀을 한 수 아래라고 저평가하며 얕봤던 이나바 감독에 대한 디스였다.

그걸 알아챈 한국을 비롯한 다른 나라 기자들은 웃음을 터뜨렸고 일부 일본 기자들의 얼굴은 굳어졌다.

하지만 패자는 말이 없다.

한국이 승리해서 우승을 차지했다는 사실은 무슨 일이 벌어져도 뒤집을 수 없었다.

"특별히 칭찬할 선수가 있습니까?"

"전부 고루고루 자기가 맡은 역할을 잘해 줘서 누구 하나를 특별히 칭찬하고 싶지는 않습니다. 2연패를 달성한 건 국가대표팀 전원이 하나가 됐기 때문입니다."

"그럼 오늘 MVP로 뽑힌 이상진 선수께 질문을 드리고 싶습니다."

일본 기자 하나가 손을 들며 말하자 통역을 통해 전해들은 이상진은 고개를 끄덕였다.

대회 MVP로 뽑혔으니 질문이 들어올 거라고는 생각했다.

"이번에 처음 국가 대표로 뽑혀서 일본 대표 팀을 처음 상대해 봤는데 소감이 어떠십니까?"

보통 이런 질문을 받으면 선수들은 겸양하게 마련이다.

상대를 추켜세우며 동시에 상대를 이긴 자신을 높이는 말을 한다.

일본 기자는 이 말을 인용해서 악의적으로 왜곡하려고 생각 중이었다.

'일본 대표 팀에 대해서 좋은 말 한마디만 해 봐라.'

다른 일본 기자들도 대략적인 의도를 알아채고 눈을 반짝였다.

애초에 높은 쪽에서 어떻게든 한국의 우승을 깎아내리고 일본의 준우승을 잘 포장하라는 지침이 내려왔다.

보도지침이 내려온 만큼 말 한마디라도 잡아내야 했다.

하지만 그들은 상대를 잘못 잡았다.

아니, 예비지식이 없었다는 게 그들의 불운이었다.

"실망스러웠습니다."

통역도 당황했고 김경달 감독도 당황했고, 근처에 있던 한국 기자들도 당황했다.

심지어 통역을 통해 전해들은 일본 기자들의 얼굴도 창백해졌다.

그런 와중에 이상진의 말은 계속 이어 나갔다.

"전력을 다해서 투구한 게 아니었는데도 일본 대표 팀은 저에게서 안타를 하나도 뽑아내지 못했습니다. 솔직히 기대했던 만큼은 아니었습니다."

어떻게 듣기로는 건방지고 공격적인 어법이었고 일본 기자들의 입을 다물게 만들기에는 충분했다.

이런 식의 인터뷰는 예전에도 종종 있었다.

그래도 이렇게 도발적이고 자존심을 긁는 인터뷰는 일본 선수들이 주로 했었다.

예전에 스즈키 이치로가 한국을 상대할 때 '앞으로 30년 동안 일본 야구를 이기지 못하게 해 주겠다'라고 했던 것도 비슷한 맥락이었다.

하지만 이렇게 대놓고 한국 선수에게 자존심이 짓밟힌 건 처음이었다.

"예전에 일본의 어떤 분이 30년 동안 일본을 이기지 못하게 해 주겠다고 하셨었죠?"

김경달 감독은 이 말을 듣고 눈을 동그랗게 뜨며 살짝 손을 들었다.

하지만 이상진은 그걸 못 본 척하며 말을 끝맺었다.

"앞으로 제가 등판하는 한 일본 야구는 저를 뛰어넘을 수 없을 겁니다."

*　　　*　　　*

「이상진, 내가 존재하는 한 일본은 이길 수 없다」

자신감이 넘치다 못해 일본을 까내리는 한마디에 일본 열도가 부글부글 끓었다.

하지만 이상진의 발언에 분노하는 것과 별개로 한국 야구팬들은 환호했다.

한일전에서는 가위바위보도 지면 안 된다는 말이 있다.

그만큼 라이벌전에서의 승리는 달콤했다.

—캬! 이상진 말 한번 시원하게 했다!

ㄴ쪽발이 놈들 자존심 구겨진 거 봐라 ㅋㅋㅋ 어떻게 노히트를 당하냐?

ㄴ일본 야구 아무것도 아니다!

ㄴ상진아! 메이저로 가자! 아시아는 너무 좁다!

ㄴ어엌ㅋ 기자 제목 어그로인 줄 알았더니 진짜 그렇게 말했냐?

프리미어 12 대회가 상대적으로 큰 관심을 받지 못했어도 이상진만큼은 특별했다.

결승전 시청률이 15퍼센트를 넘어갔고, 이상진이 경기를 마무리 지은 9회 말에는 순간 시청률이 20퍼센트를 넘어갈 정도였다.

게다가 한국 야구팬들의 속을 시원하게 만들어 주는 인터뷰까지.

무엇 하나 거를 게 없었다.

우승컵을 들고 개선한 대한민국 야구 대표 팀이 인천국제공항에 들어서자 엄청난 환영단이 그들을 맞이했다.

"저기! 이상진이다!"

"이상진! 이상진!"

"일본에 소금 한번 제대로 뿌렸다!"

"2연패 축하한다! 대표 팀 만세!"

KBO에서도 통제를 하려고 경호 인력을 충원했지만 인천국제공항에 무려 2천 명에 달하는 환영단이 모였다.

그들 대부분이 일본전 노히트노런의 주인공인 이상진을 보기 위해서 온 사람들이었다.

대형 플래카드가 몇 개씩 걸렸고 꽃다발을 준비한 사람들도 있었다.

"꺄아아악! 상진 오빠!"

심지어 여성 팬들이 공항에서 줄지어 이상진을 향해 환호하는 목소리도 있었다.

입국 심사대를 통과하고 안으로 들어서던 선수단은 생각보다 큰 환영 인파에 당황하며 그 자리에 멈춰 섰다.

"생각보다 너무 많은데?"

여태까지 대표 팀 경력이 있었던 선수들도, 홈구장에서 팬 사인회를 거치며 많은 팬들과 만나 봤던 선수들도, 전부 당황한 얼굴로 사람들에게 둘러싸였다.

경호원들의 도움으로 간신히 앞으로 나가면서 대표 팀 선수단은 임시로 마련된 단상에 설 수 있었다.

"아아, 안녕하십니까. 저는 WBSC 프리미어 12 대회에서 감독을 맡았던 김경달입니다. 이번에 저희가 우승을 할 수 있었던 건 팬 여러분의 성원 덕분입니다. 진심으로 감사드립니다."

우레와 같은 박수가 터져 나왔다.

인터뷰는 이미 일본에서 끝마쳤기에 별다른 질의는 없이 축하 인사와 답사가 오갔다.

몇 차례 인사말이 오간 후 마이크는 모두가 주목하는 남자에게로 넘어갔다.

"이렇게 저희를 맞으러 나와주신 팬 여러분께 우선 감사드립니다. 예? 아, 예. 제 이름은 이상진, 에이스죠."

어디선가 많이 들어 본 말투를 흉내내는 이상진을 보며 다들 웃음을 터뜨렸다.

장난스럽게 웃던 이상진은 이내 표정을 가다듬었다.

"일본을 노히트노런으로 잡아냈다는 사실에 아마 통쾌해하신 분들이 많을 겁니다. 물론 일본 대표 팀은 실력으로는 저한테 안 됩니다."

"푸하하하!"

마이크를 쥐게 하면 사고를 터뜨리는 남자답게 화끈한 시작이었다.

하지만 우승을 했기에 모든 게 용서되는 시간.

이상진은 더욱 화끈하게 나갔다.

"하지만 대한민국의 야구를 생각하면 마냥 웃을 수만은 없습니다. 우리는 승리를 했어도 개선해야 할 부분이 많습니다. 내년에 있을 올림픽을 생각한다면 대한민국 야구 국가대표팀 선수단 모두 자신의 실력을 갈고닦아야 할 것입니다."

모두 박수를 치며 환호성을 질렀다.

가려운 곳은 확실하게 긁어 주었다.

안 그래도 대표 팀의 중심 타선은 2할도 안 되는 저조한 타율로 말이 많았다.

일본과의 결승전에서도 이상진이 없었으면 어떻게 됐을까.

지금도 인터넷에서는 이걸 주제로 토론이 한창이었다.

"내년 올림픽에서 금메달을 따내려면 우리는 좀 더 강해져야 합니다."

이번에 대표 팀의 경기력이나 선수 선발에 대해 보내던 의문의 시선들은 이미 사라졌다고는 해도 시작부터 잡음이 많았다.

그리고 선발된 선수들의 동기부여에도 문제가 있었다.

내년에 올림픽에 출전해서 2008년 베이징 올림픽 때의 영광을 재현하기 위해서는 지금보다 더 강해져야 했다.

"그런데 이상진 선수. 이번에 메이저리그 포스팅을 넣으신다는 이야기가 있는데 사실입니까?"

한 기자의 질문은 시끄러웠던 환영회장을 단숨에 침묵으로 몰아넣었다.

이상진의 메이저리그 진출.

시즌 중반부터 점점 늘어나던 메이저리그 스카우터들과 계약을 제시했던 스캇 보라스까지.

가능성은 이미 충분히 점쳐지고 있었다.

"충청 호크스에서 우승해 보는 건 언제나 꾸던 꿈이었습니다."

운을 띄운 상진은 눈을 감았다가 떴다.

구단과의 협의는 전부 완료됐고 함께 귀국한 영호가 먼저 남은 절차를 마무리 짓기 위해 움직이고 있었다.

"그리고 저에게는 아직 남아 있는 꿈이 하나 있습니다."

"그게 무엇입니까, 이상진 선수?"

성격 급한 기자가 먼저 나서서 질문을 했다.

상진은 그 기자를 슥 돌아보면서 빙그레 웃고는 입을 열었다.

"메이저리그의 월드 시리즈 우승입니다."

* * *

「영웅들의 귀환, 한국 야구 대표 팀의 귀국에 환영 인파로 넘쳐」

「한국 야구가 갈 길은 아직 멀다, 이상진의 일침」

「내년 올림픽을 위해서 나서야 하는 KBO의 역할」

「나의 꿈은 월드 시리즈 우승, 이상진의 메이저리그 진출 가능성은?」

이상진이 한 말의 파장에 뉴스를 보던 정민우 단장은 쓴웃음을 지었다.

전임 단장인 박종현도 확답을 해 줬고, 모기업의 김성연 회장도 적극적인 지원을 약속했다.

자신이 끼어들 틈은 어디에도 없지만 어딘가 아쉬웠다.

"이상진이 남아 준다면 내년에도 가을 야구는 노려 볼 수 있을 텐데."

100퍼센트 확실한 선발투수를 미국에 보내는 건 아쉬운 일이었다.

그나마 이상진이 마지노선으로 연봉 500만 달러 이하일 경우에는 가지 않는다는 이야기를 먼저 꺼냈다.

아직 약간의 희망이 남아 있다는 사실에 안도하면서도 이상진을 메이저리그로 보내고 싶다는, 모순적인 생각에 그만 웃고 말았다.

"팀의 상황에도 협조해 주셔서 대단히 감사합니다."

"신영호 씨야말로 그렇게 미국 쪽 인맥이 있으셨을 줄은 몰랐습니다."

"단장님에 비하면 새 발의 피나 다름없죠."

맞은편에 앉아 있던 영호는 빙그레 웃으며 차를 마셨다.

상당히 좋은 솜씨로 우려낸 홍차의 맛은 티백에서 느낄 수 있는 맛과 차원이 달랐다.

코끝을 스치는 향기를 음미하며 영호는 다시 한 모금 입에 머금었다.

"하지만 쇼케이스가 부족하다는 것이 문제군요."

"그나마 반년도 안 되는 기간이긴 하지만 노히트노런과 퍼펙트게임이 준 임팩트가 컸습니다. 대규모 계약은 무리라고 해도 미국에 진출하는 건 무난하리라 생각합니다."

이제 공은 이쪽으로 돌아왔다.

민우는 약간 쓴 차 맛을 혀끝으로 느끼면서 아쉬운 표정을 지었다.

"그래도 정말 아깝네요. 이런 투수를 보내 줘야 하다니."

"얼마 전까지 옵션으로 줘야 하는 연봉 때문에 투덜거리셨던 분 같지는 않은데요?"

"동감입니다. 그래도 미국에 가지 않는다면 향후 몇 년간은 승리와 흥행의 보증수표나 다름없으니까요."

이미 결정된 사안에 대해서 더 불평하고 싶지도 않았다.

지금은 후배이자 자신이 단장으로 있는 구단의 에이스가 앞으로 나가는 걸 도울 뿐.

민우는 아쉬움을 접으며 담담하게 선언했다.

"25일 2019 시즌 KBO 시상식이 끝나거든 바로 포스팅 절차에 들어가겠습니다."

가자! 미국으로! (1)
VICTORY

강북 브라더스의 차맹석 단장은 입맛을 다시면서 우중일 감독과 이야기를 하고 있었다.

야구팬들이 KBO 타이틀 시상식에 주목하고 있을 때, 그들은 이미 다음 시즌의 구상을 하고 있었다.

FA로 나올 선수들에 대한 협상 전략도 필수였다.

“트레이드도 고려하고 있습니다. 감독님께서는 현장에서 전력 외로 구분할 만한 선수를 알려 주셨으면 합니다.”

“허허, 선수들의 급을 나눈다는 게 마음 아프기는 해도 어쩔 수 없는 일이지요.”

이렇게 이야기하면서 차맹석 단장은 입맛을 다셨다.

“이쯤 되니 이상진이 아깝군요. 트레이드가 됐으면 좋았을 텐데."

"시즌 중반에 트레이드를 제안했는데 거부당한 게 내심 아깝네요."

"그쪽에서도 제정신이 있다면 그걸 승낙할 리가 없죠."

"그래도 주전급 셋에 유망주 하나를 건네준다고 딜을 했었는데, 받아들이지 않은 건 의외였죠."

이상진에 대한 이야기가 나온 것도 바로 이것 때문이었다.

이상진의 가치는 특급 수준까지 치솟았다.

혼자서 경기만이 아니라 팀을 우승 경쟁까지 시킬 정도의 실력.

게다가 FA 계약 조건의 대부분이 보장 금액이 아니라 옵션 계약이었다.

실력이 떨어진다면 그만큼 리스크를 줄일 수 있는 알짜배기 계약이었다.

"덕분에 올해는 실력이 뒤떨어지는 선수들도 다시 한번 살펴보게 됐습니다."

지난번에는 우중일 감독이 직접 2군 구장에 내려가 선수들을 살펴보기도 했다.

이상진처럼 갑자기 급성장하는 선수가 생길지도 몰라서였다.

물론 이상진은 돌연변이라고 해도 될 만한 급성장이었다.

하지만 과거 브라더스에서 트레이드나 방출되어 나갔던 선수들이 폭발적으로 기량이 성장했던 걸 고려하면 충분히 고려

할 만한 일이었다.

“저도 다시 살펴보도록 하죠. 2군 전력에 이렇게 신경 써 보는 건 처음인 것 같네요.”

“그리고 집토끼는 웬만해서 다 잡아 주셨으면 합니다. 나쁘진 않은 전력이거든요.”

“알겠습니다.”

우중일 감독과 차맹석 단장은 이야기를 끝내고 자리에서 일어났다.

오늘은 11월 25일, KBO 타이틀 시상식이 있는 날이다.

* * *

이번에 열리는 KBO 타이틀 시상식은 열리기 전부터 재미없다는 평가가 많았다.

MVP가 누구인지는 이미 결정된 것이나 다름없었다.

“MVP는 누가 뭐래도 이상진이지.”

22승을 거둔 투수이면서 소화이닝도 230이닝도 넘겼으며, 자책점이 0점대인 투수.

다승과 평균 자책점, 탈삼진, 승률의 4관왕 투수가 탄생한 건 1996년 충청 호크스의 레전드인 구대석 이후로 처음이었다.

게다가 노히트노런을 달성하고 한국시리즈에서 퍼펙트게임까지 만들어 낸 경기 운영은 이미 리그 최정상급 수준이었다.

“올해 반짝했다고 할 수 있어도, 기록은 영원한 거니까.”

이상진은 이미 한국 투수들 가운데 손꼽히고 있었다.

올해 거둔 정규 시즌 성적이 압도적이었던 건 이미 뒷전이었다.

충청 호크스는 와일드카드부터 시작해서 정규 시즌 1위부터 4위를 전부 도장 깨기 하며 올라온 전무후무한 팀으로 기록됐다.

그리고 그 중심에 이상진이 있었음은 그 누구도 부인할 수 없는 사실이었다.

"저기 들어온다."

신임 단장인 정민우와 감독 한현덕의 뒤를 따라 이상진이 들어오자 참석한 전원의 시선이 입구 쪽으로 향했다.

183센티미터의 키에 호리호리해 보이는 몸은 야구 선수라고 하기에는 너무 말라 보였다.

하지만 몸 전체에서 뿜어져 나오는 위압감은 그 누구보다도 강렬했다.

"걸음걸이 하나하나마자 자신감이 묻어 나오는 거 봐라. 저게 최고 투수다운 자신감이지."

"4관왕이라니. 유형진조차도 하지 못했던 걸 달성하는 투수가 나올 줄은 몰랐네요."

21세기가 되고 나서 타고투저의 흐름은 계속 이어졌다.

50홈런을 넘기는 거포들이 연달이 나타났고 투수들보다 타자들의 기술이 더 빠르게 발전해 나갔다.

그래서 유형진 이후로 국내 투수들 중에 이만한 거물이 나타나리라고는 생각하지 못했었다.

시상식은 퓨처스리그 각 부문 시상으로 시작해서 KBO 신인왕, 투수 부문, 타자 부문, 심판상, 그리고 마지막으로 MVP 발표로 이어졌다.

"2019 한국 프로야구 다승 부문 수상자! 충청 호크스의 이상진!"

이상진은 이름이 호명되자 자리에서 일어나 뒤에 앉아 있는 관계자들에게 인사를 하고 단상 위로 올라갔다.

꽃다발과 함께 상패를 건네받은 이상진은 웃으며 사회자를 돌아봤다.

"이제 소감 말하면 되는 건가요?"

"아, 이상진 선수. 네 번 하시겠습니까? 한 번에 몰아서 하시겠습니까?"

사회자의 농담에 모여 있던 관계자들과 이상진은 웃음을 터뜨렸다.

"몰아서 하는 게 시간 관계상 편할 거 같네요."

"그러면 소감은 마지막에 듣도록 하겠습니다. 아, 내려갔다 오실 건가요?"

"하하, 대기하고 있죠."

"그러면 다음으로 평균 자책점 부문 수상자를 발표하겠습니다. 다들 아시다시피 충청 호크스의 이상진 선수!"

평균 자책점과 탈삼진, 승률까지 전부 거머쥔 타이틀 4관왕의 손은 상패와 꽃다발로 가득 찼다.

구단 직원이 허둥지둥 달려 나와 받아 들자 편해진 얼굴로 마이크를 붙잡았다.

"아아, 우선 상을 주신 관계자분께 감사 인사를 드립니다. 이렇게 투수로서 과분한 상을 받게 된 건 전적으로 제 실력 덕분이니 다들 부러워해 주시면 감사하겠습니다."

아주 자연스럽게 이어진 이상진의 말에 다들 한 박자 늦게 웃음을 터뜨렸다.

"사실 이 자리는 제게 무척이나 의미 있는 자리입니다. 저는 은퇴할 때까지 타이틀을 하나라도 딸 수 있을지 걱정했었으니까요. 부상. 예, 저는 정말 큰 부상으로 8개월이나 재활했고 팀 사정으로 인해 너무 빠른 복귀를 해서 기량을 회복할 시간조차 없었습니다."

2009년 데뷔하고 올해까지 11년.

빠르다면 빠르고 느리다면 느린 시간이었다.

처음 환영받으며 입단해서 차기 선발로 주목받았던 유망주 시절.

고관절과 어깨, 팔꿈치 부상으로 재활을 해야 했고, 구단에 복귀해서도 기량을 회복하지 못하고 잔부상에 이탈과 복귀를 반복해야 했었다.

어찌 보면 이상진 자신의 암흑기였다.

"그래도 끊임없이 노력하고 절치부심해 왔고 옆에 있던 코칭스태프 여러분과 동료들이 많은 도움을 주었습니다. 그 점에 대해서 진심으로 감사 인사 드립니다."

여기저기에서 박수가 터져 나왔다.

이상진은 고개를 살짝 숙이며 인사를 하고는 씩 웃었다.

순간 한현덕 감독은 등줄기를 타고 흐르는 불안감을 느꼈다.

'시상식 마이크도 마이크였지.'

마이크를 쥔 이상진의 입꼬리가 올라가면 무슨 일이 벌어질지 감도 잡히지 않았다.

무슨 일을 벌일지 예측조차 되지 않았기에 한현덕은 눈앞을 손으로 가리며 마음의 준비를 했다.

"이상입니다. 감사합니다."

"어?"

그런데 아무 말도 하지 않고 끝이 났다.

한현덕은 단상 위에서 내려오는 이상진을 바라보며 어안이 벙벙했다.

그리고 옆에 다시 앉는 상진에게 넌지시 물었다.

"뭔가 더 말하려던 것 아니었냐?"

"그러려고 했는데요."

상진은 뒤에 앉아있는 다른 선수들을 보면서 씩 웃었다.

"지금 할 때는 아닌 것 같아서요."

"네가 상식이라는 걸 갖고 행동하는 건 올해 처음 보는 것 같다."

"이제 연말이니까 좀 자중해야죠."

제발 그 자중을 연초부터 했으면.

한현덕 감독은 한숨을 내쉬고 다시 이어지는 시상식에 집중했다.

타자 부문 타이틀은 타율, 안타, 홈런, 타점, 득점, 도루, 장타율, 출루율, 승리타점 등 다양하게 이루어졌다.

그중에서 가장 많은 타이틀을 가져간 건 창원 티라노스의 양희재였다.

그리고 마지막에 남은 대망의 MVP 시상식이 시작됐다.

"그러면 이제 한국 프로야구 MVP를 발표하겠습니다."

사회자가 대본을 읽는 가운데 사람들의 시선은 이미 한 사람에게로 쏠려 있었다.

절대무적의 언터처블.

충청 호크스의 불사조.

역대급 업셋 우승의 주역이라고 불리는 남자.

"최다 득표자는 충청 호크스의 이! 상! 진!"

우레와 같은 박수가 쏟아졌다.

공인구가 바뀌어 투고타저로 회귀했다고는 해도 0점대의 자책점은 아무나 기록할 수 있는 게 아니었으며 정규 시즌의 노히트노런이 가장 강렬한 인상을 남겼다.

올해 성적을 놓고 본다면 백이면 백, 이상진을 MVP로 꼽을 터였다.

"2위는 창원 티라노스의 양희재 선수, 3위는 광주 내셔널스의 양헌종 선수입니다."

단상 위로 이상진을 포함하여 세 명의 선수가 올라갔다.

그때 한현덕 감독은 다시 한번 불길한 예감이 들었다.

그리고 지금은 때가 아니라고 했던 아까의 말이 떠올랐다.

'설마 지금이 바로 그때라는 거냐?'

마이크를 잡은 이상진이 이렇게까지 불길하게 느껴진 적이 없었다.

이상진은 헛기침을 하면서 좌우를 둘러봤다.

"아까 투수 부문 타이틀을 4개 몰아서 받을 때 이것도 할 걸 그랬나 봅니다. 우선 저에게 투표해 주신 기자분들께 감사드립니다. 사실 저는 이 상을 받기에 충분한 자격이 있다고 생각합니다. 아주 충분하죠."

다시 한번 웃음들이 터져 나왔다.

분위기는 매우 훈훈했고, 뭔가 사고가 터질 것 같진 않았다.

다만 한현덕 감독만이 두려움에 떨며 기다리고 있었다.

"감독님, 뭔가 수상한데요?"

주장인 이정열도 뭔가 이상한 낌새를 눈치챘는지 넌지시 귓속말로 속삭였다.

한현덕 감독도 고개를 끄덕이면서 마음을 졸였다.

"하지만 투표하시는 기자분들 중에는 야구에 대해서는 전혀 모르는 분들도 계시는 듯하더군요. 연예부 기자님이시건, 정치부 기자님이시건. 저는 솔직한 감상으로 MVP 투표 자체가 잘못된 방향으로 흘러가지 않나 싶습니다."

순간 시상식장의 분위기가 싸늘해졌다.

안 그래도 오늘 시상식은 인터넷과 MBS 공중파 방송국을 통해 전국에 생중계되고 있었다.

지금 이 말은 고스란히 팬들에게, 그리고 KBO의 수뇌부에게 전달될 터.

"야구에 대해서 모르는 기자분들이 주는 표 때문에 과거에도 논란이 된 경우가 많았을 겁니다. 비단 작년만의 일은 아니겠죠."

약물 복용 전적이 있는 선수가 MVP를 수상했다는 사실은 해외에서도 말이 많았다.

이걸 이상진이 직접적으로 언급하자 다들 혼란스러워하고 있었다.

일부 관계자는 생중계를 끊으라며 카메라맨에게 다가가고 있었다.

하지만 이미 엎질러진 물.

이상진은 쐐기를 박았다.

"앞으로 팬들이 납득할 수 없는 MVP 투표는 끝났으면 합니다."

* * *

다들 이상진의 MVP 수상에 대한 이견은 없었다.

하지만 그가 남긴 한마디는 인터넷을 활활 불태웠다.

—이상진 개쩐다! 이게 진짜 야구 선수지!

ㄴ그런데 정치부 기자가 투표한다는 게 말이 되냐? 연예계 기자는 또 웬 말이야?

ㄴ이러니까 작년에 약쟁이가 MVP를 받지!

ㄴ투표인단이 각 언론사별로 표가 배정된다더라.

ㄴ차라리 타이틀별로 점수를 매겨서 주든가. 이게 뭔 뻘짓이냐?

올해는 이견이 없어도 작년에는 논란이 거셌던 것이 바로 MVP 수상이었다.

기자들이 표를 던지고 팬들이 간섭할 수 없는 성역이었기에 논란은 있어도 철밥통이나 다름없었다.

비단 작년만이 아니라 여러 번이나 논란이 있었다.

하지만 이걸 건들 방법이 없었기에 언제나 논란만으로 끝났었다.

그런데 이상진의 한마디에 KBO는 물론 전국의 야구팬들이 들끓기 시작했다.

"어쩌자고 그런 이야기를 꺼낸 거냐?"

"그거야 총대를 메고 싶었으니까요. 사실 작년에 저도 불만이 많았거든요."

정민우 단장은 한숨을 내쉬면서도 내심 통쾌하다는 생각이 들었다.

자신이 현역으로 뛸 시절에도 분명 논란이 많았다.

다만 그때는 투표하던 기자 대부분이 야구에 대해 관심이 많았던 사람들로 구성되어 있어서 별 불만은 없었다.

"그때와 지금은 다르긴 다르지."

"그런데 말씀드린 건 어떻게 됐습니까?"

정민우 단장은 말없이 태블릿 PC를 켜서 화면을 보여 주었다.

이상진과 영호는 화면을 보고 말없이 고개를 끄덕였다.

「이상진, 메이저리그 진출 선언. 포스팅 절차 밟는다」

포스팅 제도는 한동안 경쟁 입찰에 가까웠다.

가장 높은 금액을 제시한 구단만이 선수와 협상할 수 있었으며, 협상이 어그러지면 더 이상 진행할 수 없었다.

이것이 2018년 7월에 개정되어 이제는 30개 전 구단을 상대로 협상을 할 수 있게 됐고, 협상 결과에 따라 원 소속 구단에게 주는 금액이 결정된다.

「김강현, 메이저리그 재도전 선언」

「국내 최고 투수들의 잇따른 유출, 한국 야구가 좁아졌다」

「더 큰 무대로, 더 큰 미래로 향하는 김강현과 이상진」

"그런데 미국에 연줄은 어떻게 해 놓은 거예요?"

"정민우 단장의 도움이 있었지. 그리고 개인적인 인맥도 있고."

"개인적인 인맥요?"

오랜만에 집에서 편안하게 치킨을 시켜서 물어뜯던 영호는 기름에 찌든 손을 쪽쪽 빨아 먹었다.

"나는 저승사자잖아."

"그거랑 이거랑 무슨 상관인데요?"

"저쪽 나라에도 저승사자 비스무리한 게 있다는 거지. 낫 들고 다니는 해골바가지 놈들 있잖냐."

서양 쪽에서 사신이라고 부르는 존재의 이미지를 떠올린 상진은 쓴웃음을 지었다.

"그쪽의 저승사자들하고도 연락을 해요?"

"상사한테 구박당하면서 영혼 수집하러 다니는 건 똑같으니까. 가끔 싸우기도 하지만."

영호는 투덜거리면서 다시 치킨을 뜯으며 더 이야기하기 싫다는 표정을 지었다.

하지만 상진은 저승사자 세계에 대한 이야기가 왠지 흥미로웠다.

치킨 상자 아래쪽에 파묻혀 있던 닭다리를 꺼내서 물어뜯으며 다시 물었다.

"가끔 싸우다뇨?"

"우리는 여기에서 태어난 사람들을 기록해서 데리고 가거든, 쩝쩝. 어우, 생각만 해도 승질이 뻗치네. 우리는 태어난 지역을 기준으로 저승에 데리고 가는데 그놈들은 죽은 지역을 기준으로 데리고 가려고 하거든. 물론 우리도 그게 편한데, 이쪽 절차랑 그쪽 절차랑 다르잖냐."

"쩝쩝, 그래서요?"

"우리는 해외 출장까지 가면서 영혼을 수거하려고 하면 그쪽에서는 지네 구역에서 죽었으니까 수거하려고 하지. 그래서 싸우게 돼. 속인주의와 속지주의의 차이인 셈이지."

"아, 그렇군요."

영호는 한참이나 투덜거리면서 저쪽의 사신에 대해 불평불만을 털어놓았다.

상진은 속인주의나 속지주의가 무슨 뜻인지 정확히 이해하진 못했어도 말하는 것만으로 대충 알 수는 있었다.

그래도 의도는 성공했다.

상진이 치킨 상자를 전부 비우고 다른 치킨 상자를 뜯자 영호는 그제야 자신이 상진에게 휘둘렸다는 걸 깨달았다.

"이 자식이 나한테 말을 시켜 놓고 지가 다 처먹고 있어."

"그러면 먹는 데 집중하시든가요."

먼저 먹는 사람이 임자다.

둘 사이에 존재하는 무언의 룰이었다.

치킨 상자를 열자마자 바로 닭다리를 낚아챈 영호는 짜증스러운 얼굴로 이야기를 이었다.

"스캇 보라스하고도 연계하고 있어."

"에이전트로 일하는 게 아니라요?"

"정민우 단장의 인맥이기도 하고 연결책만으로도 만족한다니까. 아마 미국에 간 다음에 너하고 계약하는 걸 노리는 걸 수도 있지."

이번에 미국 포스팅을 하면서 스캇 보라스의 도움을 요청했다.

계약을 하진 못했어도 꾸준한 관계를 맺고 싶어 했던 그는 미국의 구단에 이상진의 자료를 돌리는 데 협력해 주었다.

다만 절차상에서 좀 복잡한 일이 있었다.

"그런데 미국에서는 김강현이나 너나 아무래도 메디컬 쪽으로 의문이 많은 모양이더라."

"그럴 만도 하죠. 아마 김강현보다 저에 대해서 더 의문이 많을 테니까요."

둘 다 부상 경력이 있는 투수다.

게다가 자신은 꽤 심각한 부상이었고 재활과 지금의 기량을 되찾는 데까지 걸린 시간도 길었다.

무엇보다 김강현과 달리 리그에서 누적한 성적이 좋지 않았다.

"올해 보여 준 성적으로는 부족할까?"

"메이저리그는 한해 반짝한 성적만으로 선수를 평가하는 곳이 아니니까요. 화려한 성적으로 되도록 오래 던질 수 있는 투수를 원하겠죠."

아무리 메이저리그 스카우터가 관찰하고 갔다고 해도 결국 위에서 판단하는 건 데이터가 기초로 작용한다.

올해 0점대 평균 자책점을 기록했다고 해도 누적된 전체 평균 자책점은 아직도 5점대였다.

데이터에서 매우 불리한 점은 변함이 없었다.

그나마 올해 낸 성적이 압도적이었기에 혹시나 하는 바람이 있었다.

* * *

11월 25일에 포스팅을 신청한 이상진과 김강현은 12월 5일에 메이저리그 사무국이 정식으로 공시하며 협상이 시작됐다.

하지만 협상 시작 3일째가 됐음에도 생각했던 것 이상으로 연락이 없었다.

충청 호크스 구단에서도 초조해하기 시작할 무렵, 이상진은 다른 걸 생각하고 있었다.

“준비는 다 됐어요?”

“얼추 다 됐어. 젠장, 그놈의 비자는 또 받아야 해?”

“그러니까 신분 위조를 왜 해서 그래요?”

“내가 하고 싶어서 했냐?”

미국행 비행기 예약하는 데 앞서서 영호의 비자 발급이 또 문제가 됐다.

언제 어디서나 써먹을 수 있는 인맥을 이용해서 어찌저찌 발급은 받는데 성공했지만, 영호는 진이 빠진 얼굴을 하고 돌아왔다.

“그래서 짐은 다 챙겼어요?”

“다 챙겨놨다. 그런데 의심받지 않겠냐? 정민우 단장도 좀 고민하는 것 같던데.”

“미국 여행이라서 혹시라도 여론이 이상한 기사 써낼 거라는 걱정은 이미 하고 있어요. 그래도 가보고 싶잖아요? 직접 보고 싶기도 하고.”

메이저리그가 벌어지는 본고장인 미국에 한 번쯤 가 보고 싶었다.

그래서 이번 여행도 적극적으로 추진했다.

무엇보다 포스팅이 이루어지고 협상이 시작된다면 여기에서 처리하기보다 미국에 가서 직접 움직이는 편이 더 나을 수도 있었다.

“그놈의 메디컬이 자꾸 발목을 잡는구만.”

“직접 시험해 보고 싶다면 시험해 보라죠. 저는 얼마든지 괜찮아요. 물론 비행기 경비 정도는 그쪽에서 제공해야겠죠.”

메이저리그에서는 이상진을 김강현과 마찬가지로 선발과 불펜이 가능하다고 봤다.

그래서 벌써 몇몇 구단에서 관심을 표명하고 있었다.

예전과 달리 포스팅 기간은 규정이 바뀐 이후로 한 달밖에 진행되지 않는다.

그래서 메이저리그 구단들도 빠르게 움직였다.

이상진은 올해 정규시즌에서 노히트노런, 한국 시리즈의 퍼펙트 게임을 달성했으며 국제대회에서 일본의 최정예를 상대로 노히트노런을 달성했다.

아무리 데이터가 적다고 해도 이런 투수에게 관심을 표명하지 않을 구단은 없었다.

이미 계약안을 제시하는 성급한 구단도 있었다.

물론 이상진도 어느 정도 준비하고 있는 계약 조건이 있었다.

영호와 더불어 스캇 보라스가 함께 나서기는 하겠지만, 기본적인 계약안이 마련되어 있는 만큼 거기에서 크게 벗어나지는 않을 예정이었다.

"아무튼 비행기라는 건 처음 타 보는데 흥미가 동하네."

"그러면 여태까지 해외 출장은 어떻게 갔는데요?"

"그냥 날아갔지. 날아가 봤자 저 구름 너머까지 올라갈 이유는 없잖냐?"

"그것도 그러네요."

가방을 끌고 밖으로 나온 상진은 하늘을 올려다봤다.

사실 그도 영호와 별반 다르지 않았다.

상진은 일본 오키나와의 스프링 캠프에 참가하는 것 외에 비행기를 타 본 경험이 거의 없었다.

굳이 손꼽아 보자면 고등학교 때 수학여행으로 제주도를 갔을 때 정도였다.

"통역은 보내 준대요?"

"스캇 보라스가 미국에 오면 편의를 봐준댄다. 너하고 계약하고 싶어서 미칠 노릇인가 봐."

"그 사람은 적당히 해 줬으면 좋겠는데. 직접 오지 않으면 다행이겠네요."

"그 양반은 꽤 바쁘대잖냐? 그리고 유형진도 FA라는데, 거기도 신경 쓰고 있겠지."

이번에 미국도 자유이적시장(FA)가 열리면서 스캇 보라스가 담당하고 있는 선수들이 대거 시장에 나왔다.

그들을 담당해서 협상 테이블에 앉아도 모자를 판에, 자신을 직접 맞을 여유가 있을 턱이 없었다.

*　　　　*　　　　*

「이상진, 미국 로스앤젤레스로 출국」

「행선지는 LA 다저스? LA 에인절스?」

「충청 호크스, 이상진은 미국 여행 중, 포스팅과는 큰 관련 없어」

이상진이 출국하자마자 그를 뒤따라 다니던 기자들은 부리나케 기사를 써서 올렸다.

그것도 공항 와이파이를 이용해서 대놓고 기사를 올리자마자 본 팬들 중 일부는 인천국제공항에 있는 이상진을 찾아 헤매는 해프닝이 벌어지기도 했다.

"하하, 알아보는 분이 계실 줄은 몰랐는데."

자신을 찾아낸 팬들에게 사인을 해 주면서 이상진은 쑥스럽게 웃었다.

기자들이 자신의 뒤를 쫓아다닌다는 것도 알았고 기사도 올라갈 거라는 사실도 알았다.

그런데 공항에 있는 팬들이 죽어라 쫓아올 줄은 몰랐다.

"대한민국의 야구 영웅 이상진!"

"미국 가시는 거예요? 미국 가서도 잘하세요!"

"양키스하고는 절대 계약하지 마세요!"

사심과 팬심이 담긴 응원에 입꼬리가 올라간 상진은 비행기 시간이 아슬아슬할 때까지 사인을 해 줬다.

그동안 너무 팬이 없었던 탓에 상진에게 팬 한 명 한 명은 무척이나 소중했다.

미국에 진출한다고 해도 그 마음가짐에는 변함이 없었다.

"자자, 상진아, 비행기 시간 15분 남았다."

"아? 그래요? 죄송합니다. 제가 비행기 시간이 얼마 안 남아서 다른 분들한테는 사인해 드리기 어려울 거 같네요."

"괜찮아요! 미국에 가서도 화이팅입니다!"

"올림픽은 어떻게 되는 건가요?"

그 말에 상진은 쓴웃음을 지었다.

일반적으로 메이저리그 사무국은 올림픽에 메이저리거가 출전하는 걸 달갑지 않게 여긴다.

아마 자신이 메이저리그에 진출하게 되면 구단의 사정에 따라 올림픽에 출전하는 것도 어려울 수 있다.

"최대한, 가능한 선에서 해결해 보려 노력할 생각입니다."

말을 마친 상진은 저쪽에서 자신의 이야기에 귀를 기울이는 기자 한 명을 보며 빙그레 웃었다.

오랜 인연이었던 김명훈 기자는 팬들에게 사인을 해 주는 걸 방해하지 않고 가만히 있었다.

묵묵히 지켜보고만 있던 그에게 고개를 살짝 숙여 감사를 표한 상진은 그에게 다가갔다.

“오랜만입니다, 김명훈 기자님.”

“비행기 시간이 급하시다면서요. 안 가 보십니까?”

“아아, 가 봐야죠. 그런데 연락처는 안 바뀌셨죠?”

자신이 힘든 시절 호의적인 기사를 써 줬던 그에게도 나름대로의 보상을 해 주고 싶었다.

“계약이 되면 가장 먼저 알려 드리도록 하죠.”

* * *

중간에 경유해 가며 미국행 비행기를 타고 14시간 동안이나 하늘에 있었다.

그래도 비즈니스석이라 크게 불편하지 않았다.

중간중간 기내에서 서비스해 주는 영화도 보고 먹고 마시며 시간을 보내다 보니 드디어 착륙 안내 방송이 흘러나왔다.

“이제 착륙하는 거냐?”

“왜요? 아쉬워요?”

“하늘 위는 처음 봤으니까.”

처음 비행기를 타 본 영호는 14시간 내내 신기하다는 듯 창문 밖을 바라보기만 했다.

어린애 같은 영호의 모습을 재미있게 바라봤기에 14시간이라는 시간이 지루하지 않았다.

로스앤젤레스 국제공항에 도착해서 비행기에 내리자 어마어마한 인파가 둘을 덮쳐 왔다.

비좁은 규모임에도 취항하는 항공사 수는 태평양 해안 지역에서는 가장 많다더니 이름값다웠다.

입국 절차를 밟고 밖으로 나온 상진은 저쪽에서 펄럭이는 한글 플래카드를 발견했다.

[이상진 님의 미국 입국을 축하합니다.]

중간에 잘못 써진 글씨가 있긴 했어도 못 알아볼 정도의 악필은 아니었다.

문제는 플래카드가 아니라 그 아래에 서 있는 사람이었다.

플래카드를 들고 서 있는 사람의 모습을 확인한 상진은 한숨을 내쉬었다.

"하아, 설마 했는데 진짜 왔을 줄이야."

스캇 보라스가 수행비서와 함께 웃으며 마중을 나와 있었다.

해맑게 웃으며 손을 흔드는 그를 보며 상진은 왠지 머리가 지끈거렸다.

보라스가 준비해 놓은 건 생각보다 화려했다.

예약해 놓은 호텔은 로스앤젤레스에서도 손꼽히는 호텔이었다.

호텔 방에 짐을 푼 다음 방에서 나온 상진은 눈앞에 펼쳐진 광경에 할 말을 잃었다.

화려한 룸서비스가 그를 기다리고 있었다.

바로 앉은 상진은 테이블을 가득 채운 음식들을 하나씩 맛보고는 포크와 나이프를 내렸다.

"안 드십니까?"

"이야기가 먼저라고 생각해서요. 미스터 보라스, 안 바쁩니까?"

"바쁜 것은 당연하죠. 전 유형진의 에이전트이기도 하니, 조만간 LA 다저스 측과의 협상도 해야 하니까요. 그래도 비는 시간이 조금 있으니 한 번쯤 당신 얼굴을 봐 두기 위해 찾아왔습니다."

스캇 보라스는 이 말을 마치고 씩 웃으면서 일어났다.

상진은 갑자기 일어선 그의 행동에 어리둥절한 표정으로 바라봤다.

"그럼 저는 일정상 가 봐야 해서 이만 실례하도록 하죠."

"벌써?"

"조금 전에도 말씀드렸지만 꽤 바쁩니다. 올해 자유계약 시장에 나온 선수들이 꽤 많아서. 여기 함께 온 데이비드 김은 통역 겸 미국 여행을 도와줄 겁니다. 옆방에서 대기하고 있을 테니 이 휴대폰으로 연락하면 됩니다."

"데이비드 김입니다. 잘 부탁드립니다."

재미교포인 통역 데이비드 김은 능숙한 한국어로 인사를 했다.

키도 꽤 커 보이고 서글서글한 인상이 시원해 보이는 사람이었다.

스캇 보라스와 데이비드는 용건을 끝내자마자 방에서 나갔다.

순식간에 나타났다가 순식간에 사라지는 그의 행동에 영호는 웃음을 터뜨렸다.

"바쁜 건 맞나 보네. 그런데 이거 계산은 우리가 해야 하냐?"

"룸서비스는 선불이에요. 그런데 꽤 맛있네요. 바빠도 좀 먹고 가지."

상진이 이렇게 말할 정도로 룸서비스로 온 음식은 꽤 맛있는 편이었다.

로스앤젤레스에서도 내로라하는 호텔의 음식다웠다.

"바쁜 걸 티내면서 동시에 그런 와중에도 우리를 챙기러 왔다고 대놓고 들이대는 걸 보면 저 사람도 밀당은 잘한다."

"알 바예요? 일단 먹기나 하죠. 이거 랍스터죠? 양념이 잘됐네요."

"야! 그새 반이나 처먹냐?"

랍스터 껍질을 쪼개 가며 살을 발라먹기 시작했다.

룸서비스는 생각보다 훨씬 호화로운 음식들로 구성되어 있었다.

[고급 단백질류의 섭취가 확인되어 2포인트를 획득하였습니다.]

시스템의 메시지를 옆으로 밀어 놓고 먹는 데 집중한 상진과 영호는 금방 음식을 거덜냈다.

살짝 부른 배를 두드리던 상진은 영호가 뭔가 검색하는 모습을 발견했다.

"뭘 해요?"

"어디 다닐지 여기저기 검색해 보고 있지."

"영어는 읽을 줄 알아요?"

"당연히 알지. 음? 그러고 보니 너는 영어를 못하던가?"

자신의 인생에서 야구가 차지하는 비중은 무려 20년이었다.

그동안 이런저런 공부를 조금씩 해 보긴 했어도, 영어를 유창하게 말하거나 막힘없이 읽는 건 무리였다.

"그런데 저승사자가 영어도 할 줄 알았습니까?"

"지난번에도 얘기했잖냐. 해외 출장이 잦았다고. 그리고 여기에 있는 사신 놈들하고 싸우려면 말이라도 통해야지. 안 그러냐?"

생각해 보니 그 말도 일리는 있었다.

"그런데 영어는 어떻게 배운 건데요?"

"영어? 그냥 배웠지. 너도 모르면 공부해라. 공부해서 남 주냐?"

"어디서 옛날 어른들이 할 거 같은 소리를 해요? 안 그래도 영어 공부는 짬짬이 하고 있으니까 걱정하지 마요."

메이저리그 진출을 선언한 이후로 영어 공부를 시작했다.

회화까지 얼마나 걸릴지는 몰라도, 팀 동료들과 어느 정도의 의사소통은 할 수 있어야 편할 것 같아서였다.

한국 사람들 대부분은 외국인이 외국어로 뭔가 물어보면 의

사소통에 어려움을 겪으며 껄끄러워한다.

그것과 별개로 외국인이 한국말을 할 줄 안다면 오히려 친근감을 느끼기도 한다.

이처럼 메이저리그에 진출해서 팀원들과 하나가 되기 위해서는 영어를 배워야 했다.

"어우, 대체 영어 잘하는 사람들은 어떻게 공부하나 몰라."

* * *

로스앤젤레스는 생각보다 다양한 문화가 뒤섞인 곳이다.

한국인과 교포들이 모여서 사는 코리아타운에 차이나타운, 리틀 도쿄를 비롯해서 러시아나 이탈리아 문화권의 공동체도 있다.

음악이나 예술적으로 조성된 거리도 있었고 공연을 하는 사람들도 쉽게 찾아볼 수 있었다.

말 그대로 자유의 나라에 있는 자유의 도시였다.

"아, 죄송합니다. 스케줄이 갑자기 잡혀서 늦게 도착했네요."

"영호 형, 이분이 그때 말씀하신 분이야?"

"예, 이상진 선수. 저는 대머리 독수리라는 닉네임을 쓰는 김기원이라고 합니다. 이렇게 직접 만나 뵙게 되니 정말 영광입니다."

이번에 미국에서 새롭게 합류한 사람은 바로 인터넷 방송을 하던, 대머리 독수리라는 닉네임을 사용하는 개인 방송인이었다.

원래는 같이 출국하려고 했지만 개인적인 일정이 꼬이는 바람에 좀 늦게 합류하게 됐다.

"방송 준비는 잘해서 왔나요?"

"예. 모바일 방송 준비 전부 해서 챙겨왔죠. 보조 배터리를 네 개씩이나 챙겨 왔으니 걱정하지 않으셔도 됩니다."

"대체 뭔 이야기예요?"

"아아, 별거 아니야. 함께 여행 다니면서 촬영하기로 했거든. 네 채널도 여는 김에 이분도 홍보는 해야지."

"채널요?"

상진은 대체 둘 사이에 무슨 이야기가 진행된 건지 도통 이해할 수가 없었다.

이해할 수 있는 건 함께 여행을 다니게 됐으며, 여행을 다니는 동안 촬영을 한다는 이야기뿐이었다.

"요새 웬만한 유명인들은 전부 인터넷 방송을 활용한다더라."

"그래서요?"

"너도 슬슬 그런 것 좀 이용해야지. 너는 그냥 지내던 대로 지내면 돼. 편집은 이분이 알아서 해 줄 테니까."

"그런데 채널은 무슨 이야기예요?"

"무슨 이야기이긴. 네 일상적인 이야기, 야구와 관련된 이야기를 올려놓을 인터넷 방송 채널을 이야기하는 거지."

뭔가 전문적인 용어들이 오가는 가운데 상진은 혼자 동떨어진 기분이 들었다.

인터넷 방송에 대해서는 몇 번 보기만 하고 어떻게 하는지, 어떤 방식으로 굴러가는지 알지 못했기에 그저 뒷머리만 긁적였다.

그러는 와중에도 데이비드 김이 몰고 있는 차는 목적지를 향해서 달려갔다.

그들이 도착한 곳은 다저 스타디움.

메이저리그의 유명구단 LA 다저스가 홈으로 사용하는 구장이었다.

"여기가 다저 스타디움이구나."

회색빛 주차장에서 내린 상진은 여기저기 사람들이 오가는 광경을 보며 상진은 새삼 감탄했다.

보이는 광경 자체가 한국의 어떤 구장하고도 비교도 되지 않았다.

주위에 존재하는 인프라는 야구장을 위해서 존재하는 게 아니었다.

시민들이 언제 찾아와도 괜찮을 정도의 주변 시설들로 가득했다.

"엄청나네요. 그런데 평소에도 이렇게 개방되어 있나요?"

"관중석이나 내부 시설 대부분은 시즌이 끝나면 출입이 불가능합니다만, 주위에 부대시설 이용은 가능합니다. 관광객이나 이곳을 찾는 팬들이 물건을 구입하는 일이 많으니까요."

유니폼을 팔거나 혹은 먹거리를 사 먹을 수 있도록 시설 일부가 개방되어 있었다.

상진은 한국의 야구장에서는 쉽게 볼 수 없는 풍경에 신기하다는 듯 주위를 둘러보았다.

"그러면 가볼까?"

"그러죠. 마침 저쪽에서도 나오는 것 같네요."

다저스 구단 정복을 입은 직원 몇몇이 다가오는 걸 보며 상진은 고개를 끄덕였다.

"이제 시작이네요."

*　　　*　　　*

상진이 미국에 왔다는 걸 아는 구단들은 전부 팩스나 이메일을 통해 연락해 오길 바랐다.

그중에서 가장 적극적으로 구애를 하는 건 LA 다저스를 포함해서 여섯 개의 구단이 있었다.

일단 영호는 계약 조건과 다른 부대사항에 대해 이야기하기 위해 구단 사무실로 향했다.

그리고 상진은 데이비드 김과 함께 구단 직원의 안내를 받아 경기장 여기저기를 구경하기 시작했다.

"여기가 유형진 선배가 뛰었던 곳이구나."

선수들의 로커 룸이나 더그아웃까지는 무리였다.

하지만 관중석에서 바라보는 다저 스타디움의 모습은 아름다웠다.

경기장이 텅텅 비어 있어서 약간 휑한 느낌이 있었어도 이곳이 메이저리그의 구장이구나, 하는 걸 실감할 수 있었다.

"다저 스타디움은 내야의 관중석이 4층까지 있죠. 관중석이 파울라인 안쪽으로 많이 들어와서 옛날처럼 투수에게 친화적인 구장인 면은 좀 줄었지만 그래도 밤이 되면 하강기류가 만들어져서 공이 높게 뜨기 힘들 답니다."

구단 직원의 설명을 통역해 주는 데이비드 김의 말에 고개를 끄덕이면서도 상진은 멍하니 구장을 바라봤다.

투수 친화적인 구장이라는 것도 익히 알고 있었다.

다른 구장들과 다르게 폴대부터 센터 가장 깊은 곳까지 반으로 좌우가 정확하게 대칭되는 대칭구장이라는 점도 알고 있었다.

그런데도 눈을 뗄 수 없는 건 구장이 너무 아름다워서였다.

텔레비전으로 보던 것과 전혀 달랐다.

1962년 완공되어 올해로 58년이 된 구장이라고 생각조차 할 수 없을 정도였다.

노후화된 흔적도 거의 없었고 오히려 세련됐다.

"그럼 다저 스타디움의 명물을 맛보시겠습니까?"

"명물요?"

"예. 다저도그라는 핫도그입니다. 무려 10인치나 되는 길이를 자랑하죠. 먹는 걸 좋아하신다고 하니 추천해 드립니다."

구단 직원은 둘을 데리고 바로 가게로 향했다.

한국과는 달리, 시즌이 종료됐어도 장사를 하고 있는 가게 앞에는 사람들이 은근히 있었다.

그래도 시즌이 종료돼서 그런지 오래 기다리지 않아도 됐다.

"쟁반이 신기하네요."

옆에는 음료수 컵을 꽂을 수 있는 실용적인 쟁반이었다.

그리고 구단 직원이 하는 것처럼 상진은 셀프바에서 어른 팔뚝만 한 핫도그에 이것저것 소스를 뿌려서 먹기 시작했다.

다저 스타디움의 명물이라고 하더니 직접 토핑하는 재미가 있었다.

그렇게 한참 구장을 둘러보고 난 후, 영호가 합류했다.

"맛있냐?"

"당연히 맛있죠. 형도 하나 드시죠."

꽤 피곤한 표정을 짓고 있는 그는 상진을 보고 씩 웃으면서 다저도그를 하나 시켜서 소스를 듬뿍듬뿍 쳤다.

상진의 옆에 앉은 그는 한숨을 쉬고는 슬쩍 말을 이었다.

"꽤 복잡하더라. 긍정적으로 고려해 보겠다는데?"

"이제 협상 첫 시작이잖아요. 1월 초까지 시간은 넉넉하니까 우리 여유롭게 해 봐요."

협상이 시작부터 쉬울 리는 없었다.

상진은 영호를 격려하면서 그의 핫도그를 한 입 베어 물었다.

"칠리도그도 맛이 괜찮은데요?"

"야! 벌써 이걸 한 입 처먹냐!"

투덜거리면서 핫도그를 뒤로 빼낸 영호는 문득 생각났다는 듯 말을 꺼냈다.

"그러고 보니 내가 어제 검색해 보다가 재미있는 걸 찾았다."
"뭔데요?"
"내일 가보면 알아."
한 입 빼앗긴 영호의 소심한 복수였다.

* * *

미국에서는 별의별 이벤트가 벌어진다.
예를 들어 거리에서 춤이나 악기로 공연을 하는 사람을 심심찮게 발견할 수 있었다.
공원 같은 곳에서는 캐리커처나 초상화를 그려 주는 화가도 있었다.
간간이 수영복을 입고 일광욕을 하는 남녀의 모습은 너무 흔해서 신기하지도 않았다.
"어딜 끌고 가는 거예요?"
"내가 다 미리 신청해 놓은 곳이 있어. 아마 딱 보면 너도 마음에 들걸?"
대체 영호가 자신을 어디로 데려가는지 알 수가 없었던 상진은 무작정 끌려 갈 수밖에 없었다.
그나마 미국 사정에 밝은 데이비드 김 정도만이 뭔지 알겠다는 듯한 표정이었다.
그리고 인터넷으로 뭔가 검색해 보던 기원도 빙그레 미소를 지으며 휴대폰 방송과 녹화를 위해 장비를 세팅하기 시작했다.

"여기가 대체 뭔데요?"

영호가 일행을 데리고 간 곳은 사람이 바글바글거렸다.

심지어 누군가에게 사인을 받는 사람도 있었다.

이렇게 엄청난 인파가 몰려 있으니 정신이 없을 정도였다.

"뭐긴. 저런 곳이지."

영호가 가리킨 플래카드에 쓰인 커다란 문구는 상진도 해석할 수 있었다.

상진의 입꼬리가 슬쩍 올라가는 걸 보면서 영호는 옆구리를 쿡쿡 찔렀다.

"어떠냐? 재미있지 않겠냐?"

[핫도그 많이 먹기 대회]

어떻게 보면 야구보다 훨씬 자신 있는 종목이었다.

어처구니없이 웃으면서도 재밌으리라고 생각한 건 마찬가지였다.

"깜짝 이벤트네요. 대체 언제 이런걸 알아 둔 거예요?"

"미국에서 어떻게 관광을 해야 할지 보다가 찾은 거다. 김기원 씨하고 일정이 꼬인 것도 이것 때문이지. 일정을 맞췄으면 아마 참가도 못 했을걸?"

미리 사전 신청을 해 둬야지 참가가 가능한 대회라고 했다.

유명한 푸드 파이터들이 참가하는 대회는 아니었어도 시간은 똑같이 10분이었다.

주어진 10분간 얼마나 많은 양을 먹느냐가 관건인 대회.

그리고 이상진이 가장 좋아하는 일이기도 했다.

"참가비도 내야 했으니까 꼭 이겨라."

"나 모르게 참가 신청 해 놓고 이기라는 건 뭔데요?"

"포인트 쌓을 좋은 기회잖냐?"

물론 상진은 그럴 생각도 있었다.

저 앞에 쌓여 있는 엄청난 양의 핫도그는 한 종류만 있는 게 아니라 종류별로 있었다.

한 가지만 너무 많이 먹으면 포만감이 차오르는 시스템의 특성상 이런 대회가 오히려 좋았다.

아니, 영호가 자신을 생각해서 일부러 이런 식의 대회를 알아봤을 수도.

"기왕 하는 거라면 우승이 최고인데."

"우승하려고요? 저쪽에 있는 사람들은 빨리, 그리고 많이 먹는데 이골이 난 사람들인데요?"

방송 준비를 끝마친 김기원은 깜짝 놀라면서 주위를 둘러봤다.

유명한 푸드 파이터들이 참가하지 않았다고 해도 저쪽에 보이는 한 명은 맷 스토니.

일본, 체코, 리투아니아 등의 혈통이 섞인 혼혈 미국인인 그는 푸드 파이터 대회에서 1, 2위를 달릴 정도로 많이 먹었다.

과거 미국에서 열린 많이 먹기 대회에서 랭킹 1위를 달성하기도 했던 유명인이었다.

"우승을 못 한다고 해도 저한테 손해될 대회는 아니니까요."

우선 많이 먹기만 하면 된다.

대회 우승을 하면 좋겠지만 그게 어렵다고 해도 많이 먹기만 해도 되는 대회.

상진에게 있어서 별다른 페널티 따위는 없다.

"자, 그러면 어디 시작해 볼까요?"

* * *

신분 확인 절차를 마치고 대회장 안으로 들어가자 사람들은 모두 경계하는 시선을 보냈다.

유명 푸드 파이터인 미키 수도나 이곳에 있는 맷 스토니도 일본쪽 혈통이 섞인 혼혈이였다.

그러다가 전혀 모르는 얼굴의 동양인이 나타났다.

그동안 자주 출전해 오던 사람들로서는 신인의 등장을 경계하는 건 당연했다.

"오늘도 많이 먹는 모습을 보기 위해 모여 주신 쓸모없는 신사 숙녀 여러분, 반갑습니다. 저는 오늘 사회를 맡게 된 제임스 해밀턴이라고 합니다."

사회자는 이곳에 참석한 100여 명의 참가자들을 둘러보면서 마이크로 화려한 언변을 늘어놓기 시작했다.

관중석에는 한번 훑어보기만 해도 대략 몇천 명이나 되는 관객들이 앉아 있었다.

그들은 참가자들보다 여유롭게 핫도그를 먹으면서 경기의 시작을 기다렸다.

"오늘은 특별한 손님을 한 분 모셨습니다! 한국에서 야구 선수로 활동하고 있는 상진 리! 먼 길을 찾아오신 손님께 박수 한 번 부탁드립니다!"

밍숭맹숭한 반응과 함께 박수가 들려왔다.

저런 식으로 특별 참가 손님은 예전부터 꽤 많았다.

야구 선수만이 아니라 축구 선수거나 농구 선수, 예전에는 수영 선수인 펠프스도 참가했던 이력이 있었다.

그 외에도 연예인을 참가시키는 등 방송 시청률을 올리거나 관객 동원을 위해 주최 측에서 초대 손님을 모셔 왔었다.

딱히 특별하게 여길 일도 아니었다.

"오늘도 여지없이 제한 시간은 10분! 그리고 준비된 핫도그는 매우 넉넉합니다! 마음껏 드시다 보면 오늘은 진짜 먹다가 죽는 사람이 생길지도 모릅니다!"

유쾌한 사회자의 언변과 함께 경기장 내부의 긴장감도 서서히 풀려가고 있었다.

그 와중에 상진은 조용히 숨을 고르면서 주위를 둘러봤다.

'많이 먹기 대회라니. 몇 번 이야기를 들었어도 직접 참가해 보는 건 처음인데.'

애초에 사전 지식이 아무것도 없었다.

하지만 예상할 수 있는 건 몇 가지 있었다.

우선 페이스의 분배를 잘해야 했다.

10분이나 되는 시간 동안 얼마나 먹느냐가 관건인 만큼 처음부터 너무 빨리 먹으면 금방 지칠 수도 있다.

'아까 저 사람이 사인을 하던 사람이었지?'

혼혈처럼 보이는 사람이 묵묵히 먹을 준비를 하고 있었다.

상진은 맷 스토니가 현재 많이 먹기 대회에서 랭킹 1, 2위를 달리는 강자라는 사실을 몰랐다.

하지만 언뜻 봐도 느껴지는 분위기라는 게 있었다.

상진은 그 사람의 페이스에 맞춰서 먹기로 결정했다.

'이럴 때는 벤치마킹이 최고지.'

사회자는 오늘 참가한 선수들의 이력과 함께 소개를 시작했다.

영어를 거의 알아듣지 못하는 상진으로서는 그저 멀뚱멀뚱 대회 시작을 기다릴 뿐이었다.

수많은 참가자의 소개가 끝나자 진행 요원들이 핫도그를 나르기 시작했다.

"이제 이분들 앞에 핫도그를 20개씩 갖다 주시기 바랍니다. 앞에 놓인 핫도그가 없어진다면 추가로 10개를 더 가져다 드립니다. 종류가 똑같아서 물리신다고요? 걱정하지 마십시오. 칠리 핫도그를 비롯해서 종류별로 8가지의 핫도그가 준비되어 있으니까요."

핫도그가 눈앞에 놓이자 상진은 이제 시작이라는 걸 깨달았다.

"그러면 Ready! Start!"

사회자의 신호와 함께 참가자들은 미친 듯이 먹기 시작했다.

시작 신호를 뒤늦게 이해한 상진도 한 박자 늦게 핫도그를 집어 먹기 시작했다.

그러면서 곁눈질로 아까 봐 둔 사람이 먹는 페이스를 맞춰서 먹었다.

다들 어마어마한 속도로 먹고 있었다.

거의 10초에 한 개씩은 먹었고 상진도 그에 맞춰서 입 안에 핫도그를 꾸역꾸역 집어넣었다.

딱히 무리다 싶지는 않았다.

원래부터 빨리 먹는 데 익숙하기도 했고, 이 정도 속도라면 무난했다.

* * *

맷 스토니는 엄청난 속도로 핫도그를 먹어 치우면서 경쟁자로 여겨지는 사람 몇몇을 관찰했다.

그러던 도중 발견한 동양인을 보고 깜짝 놀랐다.

그는 자신과 엇비슷한 속도로 핫도그를 계속 먹어 치우고 있었다.

'초대 손님으로 참가한 저 사람, 제법인데?'

초반에 무리하게 페이스를 끌어올려서 먹는다고 쳐도 저 정도의 속도는 아무나 흉내 낼 수 없는 일이다.

"자! 선두를 달리고 있는 건 맷 스토니! 그리고 한국에서 온 상진 리! 먼저 20개의 핫도그를 끝내고 다음 페이즈로 넘어가는 건 누가 될 것인가!"

맷 스토니와 이상진, 그리고 다섯명 정도의 사람이 20개의 핫도그를 순식간에 먹어 치웠다.

이어서 진행 요원들이 가지고 온 칠리 핫도그는 무척이나 매웠다.

처음의 핫도그는 맛보기였다.

각양각색의 맛이라 질리지 않는다고 했는데, 다음에 이어질 핫도그는 아마 신맛이거나 단맛일거라 생각됐다.

'어우, 꽤 매운데? 멕시코 고추가 들어갔나?'

캘리포니아는 멕시코와 인접한 지역이었다.

어제 호텔에서 먹어 본 음식들도 매콤한 종류의 음식이 꽤 있었다.

그런데 지금 먹는 건 그것보다 더 매웠다.

상진은 이마에 땀이 흐르는 걸 느끼면서 혀로 입술을 핥았다.

그래도 딱히 어렵진 않았다.

순식간에 칠리 핫도그 10개를 먹어 치운 상진이 손을 들자 다음 핫도그가 들어왔다.

그걸 한 입 베어 문 상진의 이맛살이 저절로 찌푸려졌다.

"윽!"

이상진, 그리고 맷 스토니와 함께 세 번째 페이즈로 진입한 사람 중 하나가 신맛을 못 이기고 헛구역질을 하기 시작했다.

하지만 상진은 처음에만 얼굴을 찌푸렸을 뿐, 다시 본래의 페이스를 되찾고 핫도그를 흡입했다.

거의 10초에 하나씩 흡입하는 상진을 보며 사회자도 들뜬 얼굴이 됐다.

"한국에서 온 신입 선수가 맹렬하게 핫도그를 밀어 넣고 있습니다! 맷 스토니에 비해 전혀 꿀리지 않는 속도! 대단합니다!"

빠르고 쉽게 먹기 위해서는 핫도그를 몇 번 씹지 않고 목구멍 뒤로 넘기는 기술이 필요했다.

상진은 일정한 속도로 먹다가 문득 지금보다 더 빠르게 먹을 수 있다는 생각이 들었다.

그리고 생각이 확신으로 변하자 바로 페이스를 올렸다.

상진이 더 빠르게 먹기 시작하자 맷 스토니도 페이스를 끌어올렸다.

제한 시간은 벌써 반이나 지나 있었다.

자칫 잘못하면 상진에게 질 수도 있다는 생각에 맷 스토니는 맹렬한 기세로 먹기 시작했다.

"푸헉! 쿨럭쿨럭!"

너무 급한 마음이 독이 됐다.

서둘러서 핫도그를 집어서 씹어서 넘기던 맷 스토니는 그만 식초를 듬뿍 뿌려 신맛이 강렬한 핫도그를 너무 무방비하게 먹어 버렸다.

그가 사레가 들려 맹렬히 기침을 하는 사이 이상진은 여유롭게 경쟁자들을 제쳤다.

그나마 따라잡을 수 있는 건 맷 스토니 정도였는데, 그가 사레들리며 뒤처지자 이상진의 먹는 속도를 뒤쫓을 사람은 아무도 없었다.

"시간 종료! 무려 76개를 10분 만에 먹으며 특별 손님으로 온 미스터 리가 우승을 차지합니다! 새로운 Competitive eater의 최강자가 탄생했습니다!"

기존의 기록은 2018년 조이 체스트넛이 기록한 74개였다.

그걸 2개 차이로 깨 버리며 대회 신기록까지 세워 버렸다.

"뭐야? 내가 우승한 건가?

영어를 이해하지 못하는 이상진은 주위에서 환호하는 걸 어리둥절한 얼굴로 둘러볼 뿐이었다.

공식적으로 인정된 대회는 아니었기에 특별히 받는 부상은 크지 않았다.

2천 달러 상당의 상금과 우승컵이 전부였다.

하지만 그곳에 모인 사람들에게 이상진이라는 이름을 각인시키기에는 충분했다.

"리! 리! 리! 리!"

통역을 위해 급히 단상 위에 올라온 데이비드 김과 영호 덕분에 우승 소감도 무난하게 진행됐다.

마이크를 잡으면 폭주하던 예전과 달리 상당히 상식적이고 평범하게 인터뷰를 끝낸 상진은 옆에 있는 핫도그를 하나 집어 들었다.

"남는 거 먹어도 되냐고 물어봐 줘요."

"야! 된단다. 어차피 대회 끝나고 남는 핫도그는 전부 관객들한테 나눠 준다는데?"

"그래요?"

그리고 이상진은 다시 핫도그를 먹기 시작했다.

대회가 끝났음에도 아직도 들어가는 끝없는 위장과 식탐에 관중들은 상진을 향해 연이어 환호했다.

*　　　*　　　*

「이상진, 로스앤젤레스 핫도그 많이 먹기 대회에서 우승」

「미국 언론에서 대서특필, 한국의 대식가 야구 선수는 누구?」

「메이저리그 진출에 앞서 미국 언론에 진출한 이상진」

이상진의 일거수일투족에 관심을 갖고 있던 언론들은 이상진과 함께 여행을 떠난 인터넷 방송인에게 주목했다.

그의 채널에 동영상이 올라온 순간 그들은 그걸 보고 바로 기사화를 했다.

동시에 네티즌들은 이상진의 행보에 웃음을 터뜨렸다.

—이 자식은 미국 가서 야구 하랬더니 먹고 있어!

ㄴ그런데 가서도 먹성은 여전하네. 푸드 파이터들을 이기고 우승을 하네?

ㄴ야! 그것도 작년에 세계 신기록을 세운 맷 스토니를 이겼어!

ㄴ미친 거 아니냐? 저게 사람이냐? 코끼리냐? 난 이제 구분

이 안 가!

동시에 김기원이 자신의 채널에 올린 동영상의 조회수도 폭등했다.

기존에 채널을 구독했던 충청 호크스의 팬들을 비롯해서 국내 야구팬들이 몰리더니 먹방과 푸드 파이터를 좋아하는 사람들까지 몰려와 댓글 창은 인산인해를 이루었다.

하지만 미국에 있는 이상진과 일행에게는 아무래도 좋았다.

"야, 뉴스에도 나왔는데? 네 사진 좀 봐라."

"젠장. 좀 잘 찍은 걸 쓰면 안 되나."

"분명히 충청 호크스나 KBO 홈페이지에 있는 걸 가져왔을 걸? 불만이면 잘 찍힌 걸 방송국에 보내든가."

영호는 싱글벙글 웃으면서 텔레비전에서 시선을 돌렸다.

스마트폰으로 뉴스를 검색해 보는 영호를 물끄러미 바라보던 상진은 과자를 씹으며 다가왔다.

"어때요?"

"생각보다 언론의 파급력이 좋아. 팬들의 반응도 좋고."

"어떤데요?"

"뭐라기는. 많이 먹기 대회에 참가한 한국 야구 선수가 궁금하다는 이야기지."

많이 먹기 대회에 참가하게 한 것은 우연이나 재미 때문만이 아니었다.

대회 참가를 통해 언론에 노출되자 팬들은 상진의 경력에 대해 관심을 가지며 따로 조사해 보기 시작했다.

덕분에 미국 인터넷 커뮤니티에는 이상진이 올해 한국에서 벌인 활약에 대해 이야기됐다.

그리고 요즘 같은 시대는 동영상의 시대다.

퍼펙트게임과 노히트노런을 달성했던 경기의 영상은 이미 팬들에게 공유되고 있었다.

수백 년 묵은 저승사자의 두뇌회전은 보통이 아니었다.

"그러면 이제 본편을 시작해야겠지?"

"하여튼 이 인간의 잔머리는 못 말린다니까."

영호의 기지로 메이저리그의 팬들 사이에서 상진의 이름이 퍼지기 시작했다.

하지만 미국 메이저리그는 언론 플레이만으로 흔들릴 만큼 호락호락한 곳은 아니다.

팬들이 이상진에 대해 관심을 가지고 정보를 놓고 토론을 벌여도 구단들은 쉽게 움직이지 않았다.

"이쪽은 여행 중이라서 비즈니스적인 이야기는 하기 어렵네요. 그래도 기회가 된다면 한 번쯤 뵙도록 하죠."

전화를 끊은 영호는 볼펜으로 머리를 긁으며 수첩에 뭔가를 적었다.

"뭘 적는 거예요?"

"구단들이 연락해 오는 빈도. 언론에 노출되고 팬들의 관심을 불러 모은 이후로 연락이 오는 빈도는 확실히 늘었어. 계약을 제의해 온 곳도 있고."

"그래서요?"

"아직 확실한 건 없어. 우리의 조건도 분명히 있으니까. 그런데 그 조건으로 괜찮겠어?"

상진은 고개를 끄덕였다.

여태까지 쌓아 온 것이 없는 자신이었기에 보장 금액을 무작정 내세울 수만큼은 없었다.

김성연 회장이나 박종현, 정민우 단장에게 연봉 500만 달러를 이야기한 것도 일단은 설득을 위해서이기도 했다.

"사실 연봉 500만 달러가 아니라 보장 금액이 500만 달러만 돼도 감지덕지죠. 대신에 확실히 해둘 건 있죠."

"기간은 최소 2년, 그리고 옵션의 유무지."

"메이저리그는 한국보다 계약이 유연해요. 옵트 아웃도 가능하고, 옵션에 대해서도 무엇보다 자유롭죠."

계약 조건은 때와 상황에 따라 바뀔 수도 있다.

그래서 굳이 연봉 500만이라는, 생각보다 높은 금액을 고집할 생각은 없었다.

하지만 옵션만큼은 우선적으로 관철되어야 한다.

"또 전화네."

"이번에는 어디예요?"

"보스턴 레드삭스."

영호는 씩 웃으면서 덧붙였다.

"선발 보장을 해 줄 수 있다는데?"

*　　　*　　　*

보스턴 레드삭스는 2018년에 월드시리즈 우승을 차지할 정도의 강팀이었으나, 2019년에는 시즌이 폭망해 버렸다.

그건 바로 선발진이 단체로 무너진 게 원인이었다.

크리스 세일과 데이비드 프라이스는 잔부상에 시달리다가 각각 8월과 9월에 시즌 아웃되어 명단에서 제외됐다.

네이선 이볼디는 4경기 만에 팔꿈치 부상이 재발하며 결국 수술을 받아야 했고, 마무리로 전향하게 됐다.

릭 포셀로는 174이닝이나 로테이션을 소화하며 이닝을 꾸역꾸역 채워나가긴 했으나 평균 자책점이 5.52나 됐다.

그나마 에두아르도 로드리게스만이 19승 6패, 평균 자책점 3.81에 213탈삼진으로 제몫을 해 줬다.

선발진이 붕괴되었으니 다시 재구성을 해야 하는데, 메이저리그에서는 선발투수가 기근이라고 할 정도로 부족했다.

"올해 FA로 나온 투수들 중에서 대어는 많아. 하지만 보스턴은 사치세 때문에라도 올해 지출을 줄여야 하지."

데이브 돔브로스키 사장은 2018년 우승을 한 직후 사치세 때문에 높은 연봉을 받는 선수를 잡지 않겠다고 선언했다.

덕분에 2019년 시즌 초반에 선수 몇몇이 유출됐고, 선발진이 흔들리며 포스트시즌 진출에도 실패했다.

하지만 아직도 대대적인 투자를 할 여건은 되지 않는 상황.

그래서 이상진에게 시선을 돌렸다.

"저쪽에서는 되도록 적은 금액으로 우리를 잡으려고 하겠지. 선발을 보장해 준다고 해도 그게 얼마나 가리라고는 생각할 수 없어."

"우와. 생각보다 메이저리그의 생리에 대해서 공부 많이 했네요? 야구의 야도 모르던 사람이."

"야구 규칙을 이해하는 것과 사람이 계약하고 살아가는 걸 이해하는 건 다른 문제다, 자슥아."

게다가 보스턴의 구단주 존 헨리는 능력 위주, 성적 위주로 생각하는 사람이었다.

세이버메트릭스 중심 머니 볼 스타일 협상을 고수하면서 선수들의 연봉을 후려치기로도 유명했다.

하지만 그럼에도 사치세가 위협할 정도의 연봉을 지급하고 있었다.

"그런데 다저스한테도 연락이 왔다고 하지 않았어요?"

보스턴 레드삭스에서의 연락이 끝나자마자 이어서 연락 온 곳은 바로 유형진의 팀인 LA 다저스였다.

이곳에 여행 와서 가장 처음 관계자와 만나 미팅을 가졌던 곳이기도 했다.

옆에서 듣고 있던 데이비드 김과 김기원은 갑자기 들리는 중요한 정보에 귀를 쫑긋거렸다.

이상진이 LA 다저스에 진출하고 유형진이 남게 된다면 한국인 듀오가 만들어지게 된다.

관심이 가지 않을 수가 없었다.

그러다가 이상진과 눈이 마주치고는 어색하게 웃었다.

"불편하시면 나가 있을까요?"

"아닙니다. 저희 둘이 방에 들어가서 따로 이야기하죠. 두 분은 쉬고 계세요."

방 안으로 들어온 영호는 침대에 걸터앉으면서 툭 내뱉었다.

"유형진하고 협상이 애매한 거 같더라."

"그래요?"

"만약에 유형진이 다른 팀으로 떠나면 우리하고 계약할 생각이야. 가격도 저렴하고 실력도 괜찮고. 유형진이 그랬듯이 로스앤젤레스에는 한인 타운도 있으니 적응하기도 쉽다고 판단했겠지."

다저스도 딱히 나쁜 판단은 아니다.

오히려 좋다고 봐도 무방했다.

영호의 말대로 한국인들도 많아 적응하기도 쉬운 곳이었다.

게다가 한국인 선수가 둘이나 거쳐 간 팀이기에 어떤 식으로 대해야 하는지, 한국 문화에 익숙하기도 했다.

"우선은 연락 온 팀들과 계약 조건을 이야기해 주세요. 물론 옵션은 확실하게 관철하셔야 해요."

"금액 부분은 조금 조정해도 괜찮지?"

"10퍼센트 안쪽으로는 괜찮아요. 다만 너무 후려치지 않게 조심해 주세요."

영호는 말없이 웃으며 자료들을 훑어보기 시작했다.

다른 에이전트들이 어떻게 활동하는지는 몰라도, 영호가 알려 주는 정보들은 생각보다 정확하고 빨랐다.

게다가 구단 사이에 긴밀한 연락망을 만들어 놓고 그걸 적극적으로 활용했다.

"보스턴 레드삭스, LA 다저스, 그리고 여기는 어디예요?"

"응? 거기?"

영호는 엠블럼을 흘끗 바라보고 대수롭지 않게 넘겼다.

"탬파베이 레이스."

* * *

상진이 미국 여행을 다니는 동안 영호는 꾸준히 연락을 취했다.

그리고 가장 적극적인 행보를 보여 준 게 보스턴 레드삭스였다.

데이브 돔브로스키 사장은 사치세를 걱정했으며, 비교적 싼 가격에 선발진을 다시 꾸리길 원했다.

그다음으로 적극적인 구단은 LA 다저스였다.

유형진을 고액으로 잡을 수 없을 듯하자 그들은 발 빠르게 B안과 C안을 준비하고 있었다.

"다저스는 선발 보장이 있긴 하겠지만, 적극적인 모습으로는 보이지 않아."

"저는 정말 마지막의 마지막에 가서 어쩔 수 없으면 영입할 사람으로 보이겠죠."

벌써 12월 20일이 지나가고 있었다.

포스팅이 12월 5일에 시작했으므로 벌써 절반이나 시간이 지나갔다.

처음에 영입 제안을 넣었던 것과 달리 탬파베이 레이스는 일찌감치 포스팅 제의를 철회했고 보스턴과 다저스도 생각보다 반응이 싱거웠다.

다들 메이저리그 자유 이적 시장에 먼저 풀린 대어들에 시선을 가져갔거나, 혹은 일찌감치 철수하는 분위기였다.

"골치 아프게 됐네."

"스몰 마켓들은 반응이 어떤데요?"

"보장 금액과 옵션을 낮게 잡으면 긍정적이지. 하지만 옵션이 너무 높아지면 곤란한 눈치야."

이상진의 계약 전략은 보장 금액보다 옵션 금액이었다.

실력에 자신이 있는 만큼 옵션을 될 수 있는 한 늘려서 받아 낼 생각이었다.

하지만 재정적인 여유가 없는 스몰마켓은 혹시라도 달성할지 모르는 옵션 계약에 대해 주저하는 기미가 있었다.

"그런 건 월드 시리즈에서 우승하고 그 상금으로 줘도 될 텐데."

"그게 말이야 쉽지. 네가 말했잖냐? 너한테 도박을 거는 팀은 있어도, 믿음을 주는 팀은 없을 거라고."

도박을 거는 팀은 있어도 믿음을 주는 팀은 없다.

이상진은 자신의 위치를 확실하게 알고 있었다.

그래서 내건 조건은 복잡하면서도 담백했다.

"그렇게 어려운 조건이었을까요?"

첫 번째로 선발이 보장되는 걸 원했다.

하지만 무조건적인 보장을 원하는 것도 아니었다.

"시즌 초반에 딱 5경기만 선발로 쓰고 1점대 방어율, 혹은 그 이하면 해당 시즌 동안 마이너리그 거부권 행사에 전 시즌 선발 보장이라는 조건. 이건 딱히 문제는 없지."

이건 무난한 조건이었다.

오히려 시즌 초반 5경기에서 시범적으로 사용하고 성적이 좋지 않으면 마이너리그로 강등시키는 건 당연한 일이었다.

이 5경기 보장 정도는 구단에서 감수할 수 있는 일이었다.

"그 조건을 달성하게 되면 옵션으로 100만 달러가 추가 지급된다는 게 문제겠지."

"평균 자책점이 1점대에 연간 100만 달러면 특급 투수를 싼값에 써먹는 건데요?"

"그 외에도 시즌 평균 자책점, 삼진 개수, 소화 이닝에 따라 세부적인 옵션 지급을 설정해 둔 것도 고민스럽겠지."

메이저리그에서도 보기 힘들 정도로 많은 부가 옵션들이 달려 있었다.

저것들을 전부 달성한다면 연 1,500만 달러는 가뿐히 챙겨갈 만한 옵션이었다.

말하자면 특급 투수급의 성적을 내면 특급 선수가 받는 돈을 달라는 뜻이었다.

"보스턴이나 다저스는 그것까진 감수하겠다고 하더라."

"그러면 뭐가 문제인데요?"

"별로? 세부적인 옵션 금액을 조정하고 싶어서 난리인 거지. 아, 그리고 이거 좀 봐라."

그때 영호가 미국 사이트 하나를 켜서 보여 줬다.

영어로 빽빽한 사이트를 보며 상진은 눈이 핑핑 도는 기분이었다.

그나마 야구공과 배트의 모습, 그리고 Baseball이란 영어로 미루어 야구 관련 사이트 같았다.

"이걸 봐라. 여기에서 너의 기록에 대해 토론이 이루어지고 있나 보더라."

"나 영어 못 읽는다고 했잖아요. 설명 좀 해 줘요."

"그럼 대충 읽어 줄게. 한국에서 정규 시즌에서는 노히트노런을 기록하고 우승을 결정짓는 코리안 시리즈 1차전에서 퍼펙트게임을 달성했다. 평균 자책점은 0점대이며, LA 다저스의 유형진도 한국에서 달성하지 못했던 기록들을 연달아 만들어 냈다."

미국의 야구 관련 사이트에서 자신에 대해 토론이 한창이라니 왠지 기분이 묘했다.

게다가 자신에 대한 칭찬이 한가득하다니 믿을 수 없었다.

그리고 재미있기도 했다.

한국 팬들에게서는 이견이 없을 정도의 실력이었어도 미국은 역시 세부적으로 더 해석해서 살펴보는 면도 있었다.

"솔직히 여태까지 세이버 매트릭스의 상세한 내역은 신경을 잘 쓰지 않았죠."

"기껏 해 봐야 이닝당 출루 허용율(WHIP)이나 9이닝당 볼넷 허용, 그리고 삼진 정도였겠지."

"네. 그래서 fWAR이나 bWAR 같은 수치는 봐도 이해를 잘 못 하겠어요."

이상진도 요새 들어서 조금 더 공부해서 홈런과 볼넷, 힛바이피치, 고의사구 그리고 삼진 등 거의 투수에게만 책임이 있는 FIP 수치 정도까지는 이해했다.

그리고 하나 더 이해한 게 있었다.

"이런 수치가 뭘 뜻하는지 이해하는 건 개념만으로 충분한 것 같아요."

"어째서?"

"야구를 잘하면 되는 거잖아요? 실력이 좋고 야구를 잘하면 수치도 나름 좋아지겠죠."

그때 휴대폰이 울리기 시작했다.

보라스에게 받은 이후로 시도 때도 없이 신호가 울리면 전부 메이저리그 구단으로부터 오는 메시지나 전화였다.

메시지를 확인한 영호는 묘한 미소를 띠었다.

"보라스, 이 양반이 나름대로 움직여 주고는 있네."

"뭐라는데요?"

"한 팀이 더 참전했어."

"어디인데요?"

"오클랜드 애슬레틱스. 너도 잘 알다시피 빌리 빈 단장이 있었던 곳으로 유명하지. 지금은 데이비드 포스트에게 단장을 넘겨주고 운영 사장으로 갔지만."

머니 볼로 유명한 빌리 빈이 이끄는 오클랜드가 자신에게 관심을 보인다.

그 말은 세이버 매트릭스 데이터상으로도 충분히 관심을 받고 있다는 뜻과도 같았다.

그때 휴대폰이 다시 울리기 시작했다.

간단한 통화를 끝마친 영호는 입가에 희미한 미소를 띠었다.

"일이 재미있게 굴러가는데?"

"누군데요?"

"다저스에서 우리와 다시 만나서 이야기하고 싶다고 한다."

눈치만 보던 구단들이 드디어 이상진을 노리고 하나둘씩 움직이기 시작했다.

『먹을수록 강해지는 폭식투수』 6권에 계속…